Lies and love
I have no choice. Pain keeps gnawing at my
Please dig out my eyes, pierce
If I have not and would ne
「明知道不能這樣，
但我還是想要去信任你，
也被你信任……」
風暮音
CHARACTERS FILE
堅強又固執的少女，母親在她出生時就去世了，疼愛她的父親則在她七歲時神祕失蹤。自此以後和性格冷漠的阿姨一起生活。

GOBOOKS
& SITAK
GROUP©

三日月書版

暮音

Lies and lo

墨竹

illust. 瀨川あをじ

I have no choice. Pain keeps gnawing at my blood and bones, and jealous eating away my soul.
Please dig out my eyes, pierce through my heart, and burry my dead body into the deep. dark underworld.
If I have not and would never hold your favor, then all I left would be death.

三日月書版

輕世代 FW336

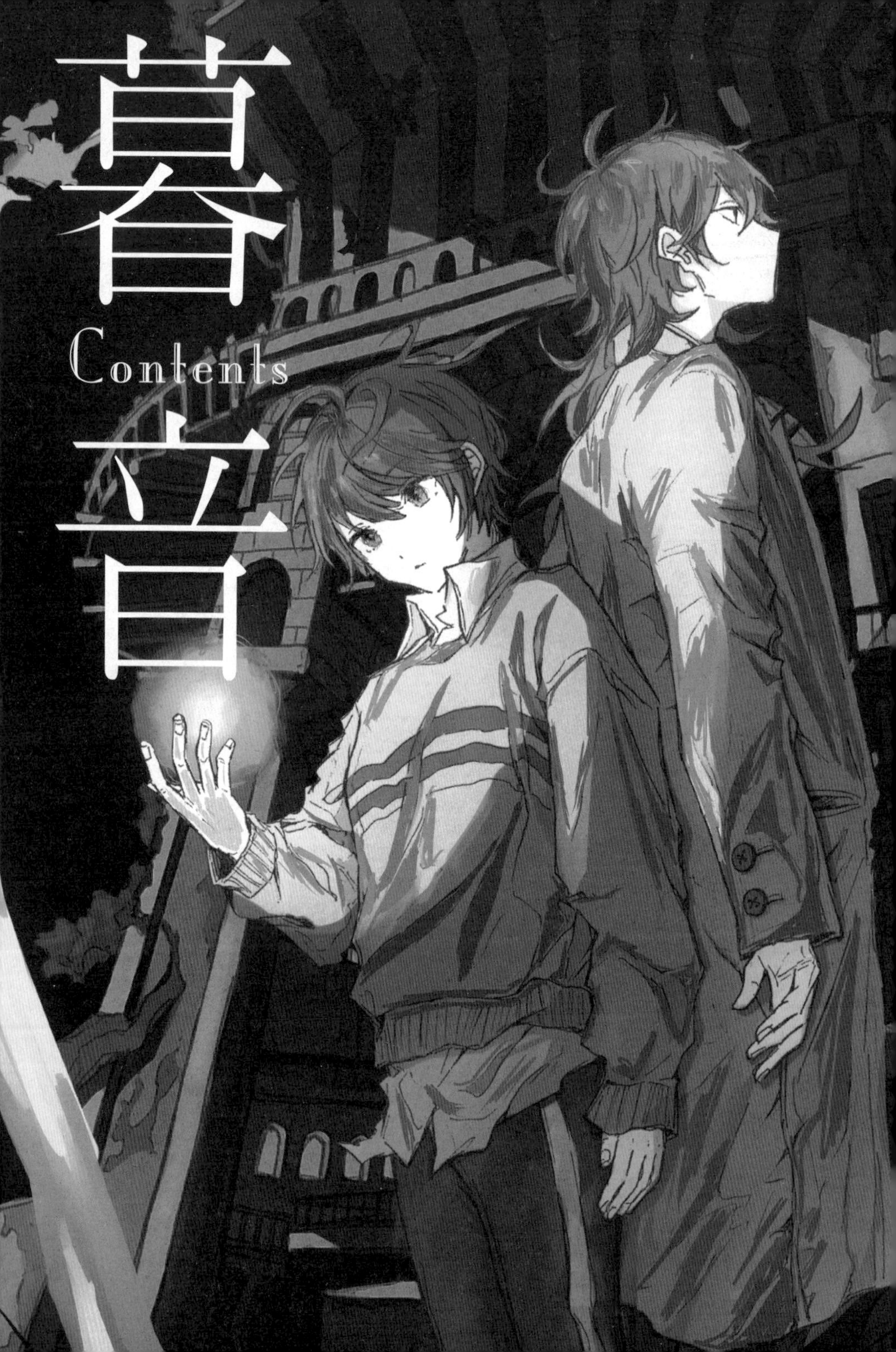
暮
Contents
音

Lies and loves

I have no choice. Pain keeps gnawing at my blood and bones, and jealous eating away my soul.
Please dig out my eyes, pierce through my heart, and burry my dead body into the deep, dark underworld.
If I have not and would never hold your favor, then all I left would be death.

【第一章】
Lies
and
Love

陽光從金黃色的樹葉間穿過，白色枝幹散發著朦朧的光，淡淡的霧氣包裹著一切，這裡是迷霧森林。

「這裡應該叫迷路森林才對。」風暮音坐在岔路口的一棵樹下，沮喪地看著眼前縱橫交錯的小路。

「也許我們該換個方向試試。」站在路口的天青回頭看著她。

「怎麼走也只是在原地打轉。」風暮音有氣無力地倒在草地上，「不如省點力氣吧！」

「休息一下也好。」天青擔憂地看著她身上細碎的傷口，都是被黃泉花的花刺弄傷的，「妳的傷口沒事吧？」

「沒什麼，只是劃破了一點皮膚。」

「妳怎麼了？」天青走上前，在她身邊坐下：「為什麼突然變得這麼消極？」

「沒什麼，只是……」風暮音把手伸進口袋，握住了那個小小的藥瓶：「天青，如果說……」

「怎麼了？」

不，現在或許不是適當的時機，天青不會乖乖吞下那顆藥的……她想了想，還是搖了搖頭。

「拿出來吧。」

「什麼？」風暮音嚇了一跳，愣愣地盯著他。

「夢神司給妳藥了，對不對？」

「你怎麼……」

「把藥給我。」天青朝她伸出了手。

風暮音慢慢地拿出藥瓶，放到天青手上。

下一秒，他轉身一扔，把那個小瓶扔得不見蹤影。

「你幹什麼！」風暮音趕緊想起身找回藥瓶，卻被天青一把拖住了。

「別找了！就算妳找回來，我也會再扔掉的。」他淡淡地說：「我們不可能丟下彼此走掉，忘了那顆藥吧！」

「你是傻子嗎！」也許是唯一的機會，為什麼他能毫不猶豫地扔了？

「那妳呢？妳就不傻了？」天青反問道。

「算了！反正我們都是傻瓜！」風暮音閉起眼嘆了口氣，決定放棄讓他先行離開的念頭：「風雪也真是的，留在那種男人身邊有什麼好……」

「每個人都有自己的選擇。」天青摸了摸她的頭髮：「妳放心，夢神司不會傷害她的。」

「風雪好像是愛著那個人的。」從那個男人出現在風雪面前開始，風雪的眼裡就充滿了難以言述的痛苦：「被所愛的人冷酷地對待，她一定很難過。」

「如果妳是她，妳會怎麼做？」

「如果我是她……」風暮音又嘆了口氣：「我想，放棄是最好的選擇。」

「在我的印象裡，妳不是會輕易放棄的人。」

「我父親說過，世上只有感情是無法勉強的。」風暮音慢慢地睜開眼看向天青：「如果對感情太過執著，不但會傷到自己，還會傷到自己所愛的人。要學會在適當的時機放棄，那樣才能避免傷害。」

「好溫柔的說法。」天青笑了笑：「這種事說來容易，要做到卻很難。」

「其實我一直不能理解那些話的意思，也不確定自己能不能做到。」風暮音用力地呼了口氣：「但是我答應過父親，絕不能因為感情而失去理智。」

「妳一直把他掛在嘴邊。」天青的語調有些奇怪：「他不是在妳很小的時候就離開了，他的話對妳來說真的這麼重要？」

「問這種問題，你不覺得無聊嗎？」眼角的一抹嬌嫩綠色吸引了風暮音的注意，她伸手採下了那株小草：「這種地方居然還有這個！」

天青從她手裡接過去看了，微笑著說：「是四葉草啊。」

「四葉草？」風暮音忍不住笑了一聲：「魔神的國度也有這種東西？」

「愛和希望。」天青拉過她的左手：「這是妳教我的，不是嗎？」

「我覺得我不太可能說那種話……啊！」手腕處傳來一陣徹骨熾熱，風暮音吃痛地低喊：

「你做什麼！」

「留念。」天青慢慢鬆開了手，只見風暮音的手腕上一片緋紅：「以後只要妳看到這個記號，就會想起我，不就有愛和希望了嗎？」

「你在發什麼瘋！」風暮音拚命甩著發痛的手腕：「痛死了！」

等到緋色褪去，一個綠色的圖案慢慢浮現在她手腕內側，赫然像是一朵鏤空的四葉草。

「誰要什麼記號！」她用力擦了一會，發現竟然擦不掉，「快幫我去掉！」

「不要。」天青一臉無賴：「這麼一來，大家就都知道妳是我的了！」

「什麼你的？」風暮音勃然大怒：「別把我說得像是你的財產一樣。」

「當然不是……至少現在還不是。」天青任由她扯著自己的衣領，微笑著說：「我的意思是我愛妳。」

風暮音從頭髮到腳趾，每一寸都僵住了。

「是我表現得太含蓄，還是因為妳太遲鈍呢？」天青再次握住了她的手腕：「風暮音小姐，我在對妳表白愛意耶，妳這種反應會讓我傷心的。」

「啊！」風暮音放開他的衣領，用力拍掉他的手，像看到鬼一樣地退了好遠。

但天青才沒跨幾步，就追了上來。

「還是有進步的。」天青笑著說：「至少妳這次是尖叫，而不是冷淡地說不需要。」

「胡說！」風暮音靠著樹站了起來：「我警告你，要是再說這些不三不四的……」

她沒能說完，因為天青的臉突然在她面前放大數倍，然後她的嘴就被堵住了。

很長一段時間裡，風暮音不知道出了什麼事，只知道唇上先是涼涼的，接著變得好燙……眼前是天青閉著的眼，近看，他的眼睫毛簡直長到離譜。

不對啊！自己都被人強吻了，怎麼還有閒情逸致研究他的眼睫毛！意識到自己正被色狼非禮，風暮音才剛想要反抗，手就被反剪到了背後。直到她因為缺氧開始頭暈，唇上的壓力才終於消失。

天青把她摟進了懷裡，下巴抵著她的額頭，黑色長髮輕拂過她的臉頰，身上散發著淡淡的香氣……

「我的公主。」風暮音聽見他輕聲地說：「把妳的心給我吧。」

聽著天青平穩有力的心跳聲，風暮音想自己就是被這種聲音催眠了，以致於錯過了怒氣的高峰。直到被冷風一吹，她才終於回過神。

不過說清醒也很勉強，因為她的質問顯得語無倫次：「第一次……我……你竟敢……」

「第一次嗎？我還真是幸運。」天青很噁心地笑著：「不過下次妳最好閉上眼，還有別忘了呼吸。」

風暮音看著他，慢慢地握緊了拳頭……

「別怕，我保證不會再對妳怎麼樣了。」

「我不怕，因為你再沒有機會對我怎麼樣了。」風暮音冷冷地回答，眼睛直盯著面前的篝火。白天的可怕遭遇一直在她腦海裡徘徊，風暮音心想，自己還能和這個無恥的傢伙心平氣和地談話，根本是奇蹟了！

「妳也太用力了。」隔著火堆，天青裝模作樣地揉了揉肚子：「我一定受了嚴重的內傷。」

「我在後悔沒有多踢你兩腳。」風暮音用樹枝撥動火堆，看著濺起的火星慢慢消失在黑暗中……

把他們帶到這裡，又和掌管這個世界的魔神對上，風雪所做的一切，只是希望她能平安回去人類世界。可一整天下來，始終也只是在幾個地方繞圈子。

別說路了，她根本連方向都搞不清楚。

一想到這些，風暮音懊惱地皺起了眉，用力地把樹枝扔進旺盛的篝火中。

「過了這麼久，妳還在生氣嗎？」也許是她把怨恨表現得有些暴力，對面的天青小心翼翼地說：「我真的只是情不自禁。」

「要是我們一直出不去，該怎麼辦？」風暮音已經決定把那個「意外」忘記，反正天青也已經受到教訓了：「難道要永遠困在這裡嗎？」

「那是不可能的。」天青篤定地回答。

「你又想說，要相信命運的力量嗎？」看他一臉準備誇誇其談的樣子，風暮音不屑地給了他一個白眼：「別說那些了，我從來不信命運。」

「我以前也不相信，事實上即使是現在，我對命運的態度也只能說是半信半疑。畢竟我一直是依靠著自己，才得到一切的。」天青收起了戲謔的笑容，盯著眼前的火焰：「不過有的時候，我會覺得在我所不知的地方，真的有什麼在操縱一切。我漸漸開始覺得，相信命運也沒什麼不好，因為那也許會是個更好的機會。」

風暮音和天青坐得很近，近到能看清他的細微表情。

是的，她和天青的距離一直很近。

從第一次在街上相遇，天青似乎就想方設法拉近他們之間的距離。也許像他說的那樣，他們在更久之前就已經認識了。或者在孩提時代開始，他們就是很親密地相處著，所以她時不時會覺得對天青有股熟悉感。

只不過，有時候離東西太近，反倒看得沒這麼清楚，她對天青也是這樣的。以致於到現在，她對於天青的感覺，好像有點混亂了……

「好了，我只是隨口說說，用不著費心去想。」天青突然轉開了話題：「話說回來，這裡什麼聲音也沒有，妳都不覺得陰森嗎？」

這座森林裡的樹木都是奇異的白色枝幹和金色葉子，白天在淡淡的霧中看起來很美，到了晚上濃霧籠罩時卻變得詭異起來。

「這座森林本來就很奇怪，我們今天像是一直繞著同一個地方打轉。」風暮音往四處看了看：「而且一路上都沒看到任何食物，幸虧我們在夢裡不會覺得餓，不然就麻煩了。」

「唉……拜託妳也給我一點表現的機會，好不好？」天青長長地嘆了口氣。

「說什麼呢！」風暮音不明白他的意思。

「妳過來。」天青朝她招手。

「你想幹什麼？」風暮音立刻聯想到了白天的事：「我警告你——」

「我都說了，除非經過妳同意，否則我絕不會再有任何不軌行為。」天青信誓旦旦地保證，一眨眼又可憐兮兮地說：「其實是我很害怕，我去妳旁邊坐著去好不好？」

這傢伙的眼睛為什麼會水汪汪的……風暮音一轉過臉，天青立刻跑了過來。

「你幹什麼！」感覺不屬於自己的體溫貼了上來，風暮音用手肘推開他靠過來的胸膛。

「我有點冷！」天青搶在她前面說：「取暖不算越軌的行為吧？」

「真的很冷？」他的體溫比較低，加上森林裡的夜晚真的有點冷……

「真的很冷！」天青忙不迭地點頭確認。

考慮到天氣和環境等不可抗因素，風暮音在考慮了三十秒後，勉強允許他稍微靠近一點。

風暮音正靠在天青懷裡，天青的手規規矩矩地環著她。

天青的體溫不高，但是……感覺還算可以。過了一段時間，風暮音就放棄了不舒服又僵硬的姿勢，放鬆身體靠了上去。

「是不是覺得很安全？」天青低下頭，十分得意地問。

也不知道剛才是誰在說自己很害怕的……雖然風暮音覺得這人很無恥，但是看見那種充滿期盼的目光，還是違心地點了點頭。

「暮音……」

「什麼？」天青喊她名字的聲音有點奇怪，風暮音仰起了頭。

「暮音，妳的頭髮……」天青撩起了她一縷頭髮：「什麼時候變這麼長了？」

「是啊，最近頭髮和指甲長得都很快。」她拉過了自己的髮尾，不知什麼時候已經長到了背後：「不知道為什麼。」

「我為什麼沒注意到……」

「什麼？」天青的聲音變得更輕，風暮音一時聽不太清：「有什麼問題嗎？」

「沒有。」天青在她的注視下慢慢地說：「我喜歡妳留長髮的樣子。」

接下去有很長的時間，天青一直沉默著。

這沉默令風暮音覺得很怪，但她向來不擅言詞……她開始不斷抬頭去看天青，有好幾次都想主動開口，但始終想不到該說什麼。到了後來，越發沒有了說話的立場，她只能保持安靜。

「睡吧！」過了很久，天青對她說：「明天還要去找路，先好好睡一覺吧！」

時間已晚，也該休息了。

兩人似乎都沒有睡意，風暮音靠著天青，天青摟著她，他們知道對方沒有睡著，卻也不交談，直到風暮音聽見……

「天青、天青……」她推了推天青。

「怎麼了？」天青立刻睜開了眼。

「你有沒有聽到什麼聲音？」她皺著眉問。

天青聽了一會，茫然地說：「我什麼都沒聽到。」

「有的。」風暮音仔細地捕捉著空氣中的細小聲響：「好像……是金屬的聲音……對，是金屬撞擊的聲音！你聽！」

天青搖了搖頭：「我什麼都沒聽到。」

「我們去看一下。」風暮音提議。

「太危險了。」天青一臉不贊同：「如果有野獸怎麼辦？」

「反正我們都在這裡了，就算是野獸那又怎麼樣？」風暮音獨自站了起來：「何況，也有可能是那個人啊！」

「哪個人？」天青也跟著站了起來。

「你忘了？夢神司說過，這片森林裡，有一個無所不知的人嗎？」風暮音察覺到那個奇怪的聲音正漸漸變弱，不免有點著急：「就算那個人答不出魔王的問題，至少他應該知道怎麼才能回到人類世界吧！」

「好吧，我們過去看看。」天青還是不太放心：「不過要小心點，這森林裡到底有些什麼，我們並不清楚。」

兩人走了一陣子後，仍然沒有發現聲音本體。

「暮音，我看算了。」天青在她身後說。

「再等一下。」風暮音閉上眼細細地聽，但還是什麼聲音都聽不到：「怎麼會突然沒有了？」

「我真的什麼都沒聽到，也許是妳太累，所以產生了幻覺。」天青安撫似地道：「我們走了很遠了，還是先休息，等天亮再看看情況吧。」

「……好吧。」他說得也有道理，風暮音點點頭：「那就找地方再休息一下好了。」

她剛想轉身，背後的汗毛卻豎了起來，像是正有人盯著她，而且帶著非常明顯的敵意。

「怎麼了？」天青立刻察覺到了她的異樣。

風暮音顧不上回答，猛地朝目光投來的方向衝去。

「誰在那裡！」她三步併成兩步地跑到了一棵大樹前：「你最好自己出來，別逼我動手！」

「也許是野獸。」天青跟著跑了過來，慎重地把她拉到自己背後：「小心一點！」

「不。」那是屬於人類的目光。風暮音輕聲地告訴天青：「肯定不是野獸，是人！」

話剛說完，那個他們一直追蹤著的金屬撞擊聲清晰地出現了。天青抓著風暮音的手一下子用力收緊，顯然他也聽到了。

在兩人戒備的目光裡，有一道黑色的影子從大樹後面走了出來。風暮音難以判定那是不是一個人，但至少是用兩隻腳直立行走的生物。

細看後才發現，那不知是人還是野獸的生物，從上到下都用深色的布遮蓋著，一時看不出確切的模樣。

「你是誰？」天青邊問邊示意風暮音後退。

黑影動了動，然後發出了聲音：「你……」

「你就是那個無所不知的人嗎？」至少他非常像人，或者說好像是能夠溝通的，風暮音倒是能肯定這點。

「沒……有。」黑影講話的方式很奇怪，一個字一個字斷得厲害，像是剛學會說話的孩子一樣。

「他說什麼？」天青側過頭小聲地問：「是不是沒有？」

「他是說他不知道我們在問什麼吧！」風暮音換了一種方式再問：「那請問，這裡是不是住著一個能回答一切問題的人呢？」

「沒……有。」黑影依舊如此回答。

「那你知道怎麼走出這片森林嗎？」

「沒……有。」

不論風暮音問什麼，對方都只回答「沒有」。

「什麼沒有啊！」難不成遇上了一個只會說「沒有」的野人？「那這裡到底有什麼？」

「只……有……死……亡。」黑影終於給了不同的回答，不過聽起來也不是太令人振奮的答案。

「什麼死亡……喂，你要去哪裡！」風暮音想要靠近點問清楚，卻一直被天青抓著不放。

聲音隨著那個人的腳步再次響起，風暮音這才看明白，原來金屬撞擊聲是出自於黑影雙手雙腳間綁著的鐵鍊。

「你和我們一樣迷路了嗎？」還是被限制行動的囚犯？

黑影轉過身，像是不打算理他們了。

「等一下！」風暮音連忙跟著他挪動腳步：「能告訴我你知道的嗎？關於這裡的什麼都好。」

「死……亡。」黑影一邊走一邊說：「死……亡……就是……解……脫。」

「死亡並不是一切的結束，只是另一段旅程的開始。」風暮音想起了夢神司說過的話。

「另……一段……」黑影似乎受到了什麼觸動，停下腳步，反問了一句：「如果什麼……都沒有了，另一段……怎麼開始？」

「有人對我說過，死亡和夢，夢和死亡，都只是靈魂離開了身體。」風暮音一聽到他流暢許多的說話方式，就覺得有些奇怪，偏偏又說不出怪在哪裡：「我覺得……所謂另一段旅程，應該是靈魂離開肉體之後新的開始。」

黑影轉過了身面對他們，「妳根本不知道那是什麼。」

「那是什麼？」風暮音順著他的口氣問道。

「痛苦！」黑影的聲音頓時變得可怕：「沒有人知道的痛苦！」

「但是人類總要死亡，死亡之後如果有靈魂，自然就會離開肉體。」風暮音不清楚他在說什麼，也不知道自己說的話有什麼意義，但看到那種類似於痛苦的表現，她忍不住問：「你為什麼難過？是因為害怕死亡嗎？」

「沒有。」黑影搖了搖頭，他身上的鎖鍊跟著叮噹作響：「和人類不一樣，我永遠不能死亡，只能待在這裡。」

「你是說，你不是人類，所以不會死亡嗎？」風暮音試著理解他的話語。

「不，契約。」

當風暮音聽到「契約」兩個字，心中不免震了一下。

「妳還活著，為什麼來到這裡？」黑影問她。

「很抱歉，我也不知道從何解釋起，整件事實在太複雜了。」風暮音低下頭，深深地吸口氣：「我只能告訴你，我現在是想要找那個可以回答所有問題的人，因為我有一個很重要的問題想請他解答。」

黑影聽完之後，一言不發地轉身就走，但沒走幾步，又停了下來。

「這是……」風暮音轉頭去看天青。

「他要帶我們去找人。」天青微笑著回答：「我看這世界上，似乎沒有什麼人能夠拒絕妳。」

Lies and Love
【第二章】

森林裡的路都差不多，根本無從記憶和辨別，兩人只能跟著黑影不停往前走。

黑影停下腳步時，太陽開始升起，說明他們已經走了至少三到四個小時。

「開玩笑吧！」風暮音無法置信。

眼前景色竟然那麼熟悉，一片望不到邊際的花海，漫天飛舞的花瓣……只有一點不同，那些花不是豔麗的火紅，而是璀璨閃耀的金色。金色的晨曦透過淡淡照射在金色的花朵上，散發出一種無與倫比的豔麗光輝。

「天青，你看到了嗎？」風暮音一時忘形，主動拉起了天青的手：「是金色的黃泉花，和夢神司的城堡裡是一樣的！」

「看來就是這裡了。」天青倒是沒有感染到她的興奮，反而有些緊張地說：「他人呢？」

「咦，剛剛還在的啊。」風暮音這才注意到，黑影竟然憑空消失了！

「一到這裡，他就不見了。」天青對她說：「他帶我們來這裡，一定有什麼用意。」

「是啊！」風暮音低頭看向那些閃耀金色光芒的花朵：「這裡為什麼也有夢神司的黃泉花呢？」

「這不是黃泉花，這種花的名字叫做幻惑，意思是夢想永遠如同虛幻。」

風暮音看看天青，天青朝她搖搖頭。而當她轉回目光，就看見一個金色的人影正從花叢裡朝他們走來。

那人穿著一件簡單的白色長袍，長而捲曲的頭髮和他身邊的花朵一樣，是耀眼的金黃。他的眼睛被白色布條遮了起來，但輪廓異常清瘦而美麗，神情無比安詳而平和。

「你是誰？」這個人讓人忍不住想要親近，但風暮音面對著他，心裡卻升起一絲慌張。

「歡迎來到迷霧森林，風暮音小姐。」那人的嘴唇向上揚起，綻開了動人的微笑：「至於我是誰……妳來這裡，不就是為了找我嗎？」

「你怎麼會認識我？」如果自己見過這麼特別的人，她不可能會忘記的：「可是我好像並不認識你啊。」

「那不重要。」那人在離她和天青很遠的地方停下，聲音卻清晰地傳了過來：「妳可以稱我為夜那羅。」

「夜那羅？」風暮音想了想，又問：「聽說這裡住著能夠解答一切問題的人，那個人就是你嗎？」

「這麼說或許太誇張了。」夜那羅摘下了身邊一朵金色的幻惑花：「我只不過是比別人活得久了一點，自然知道得更多。」

「夜那羅先生，請問……」

「不介意的話。」夜那羅的眼睛被遮擋著，但還是極其準確地在風暮音面前停下，把手裡拿著的花遞了出去：「請去我的住所稍作休息吧。」他的手上戴著一枚寶石戒指，寶石的顏色和他手中的花朵是相同的金黃色。

風暮音接過了花朵，發現這種花並沒有尖銳如荊棘般的花刺，層疊的花瓣和枝葉完美無瑕，簡直像是一件精美絕倫的藝術品。

這是幻惑花，意思是夢想永遠如同虛幻……

幻惑花的盡頭就是夜那羅的住處。

臺階像是深入雲間的高度，在左右矗立著兩座栩栩如生的宏偉雕像。沿著臺階往上行走時，也能清晰地看到雕像完整的模樣。

不難發現，兩座女性雕像的面容幾乎完全相同，不過動作和給人的感覺卻是截然相反。一個微往後仰，抬頭看著遠方，雙手交叉托舉在胸前，一團耀眼的光芒懸浮在她雙手中央；另一個稍向前傾，低頭看著腳下，交疊的十指撐在下顎上，手掌下的黑色長劍支撐著她整個身體。

「光明和黑暗本就是同時誕生，像是孿生姐妹一樣的存在。」似乎是知道風暮音的目光一直沒有離開過雕像，夜那羅為她解說：「光明象徵著生命和希望，黑暗則是代表死亡和終結，兩者形成了一個完整的世界。她們相互對立也相互依賴，只要一方失去了另一方的約制，世界就會走向毀滅，直到兩者重新得到平衡，新的世界就再次開始。」

「真了不起！」風暮音最後看了一眼：「我只是覺得雕像很不錯，沒想到居然還有這樣的意義。」

在臺階盡頭，與其說是一間房屋，倒像是一座廟宇。穿過奢華奪目的金色大門，裡面沒有窗戶也看不到屋頂，只有一盞盞細細的長明燈在黑暗中懸吊著，用一種微弱的光朦朧地照亮了四周。借著這昏暗的光芒，會發現內部空間很大卻沒有地面。所能看到的地方都是水，水面上漂浮著一些金色和白色的蓮花。一塊塊巨大光滑的黑曜石拼接成長廊，人走在上面，像是在開滿了蓮花的水中行走。

長廊的盡頭是一片不大的平臺，平臺中央鋪著厚厚的白色毛毯。夜那羅走到那塊毛毯上盤膝坐下，風暮音才注意到他沒有穿鞋，腳踝上還帶著繁複而精巧的金飾。

「坐吧！」夜那羅示意了他對面的位置。

風暮音看看那雪白的毛毯，又看看自己沾著塵土的鞋子，剛想要彎腰脫鞋，未料身後的天青卻徑直走了上去。她愣了一下，才有些內疚地跟著踩了上去。

「妳來找我，是想知道些什麼？」在朦朧的光亮中夜那羅安詳沉靜的神情，不禁讓風暮音聯想到了東方佛教中的神祇。

「我想要知道，怎樣才能改變過去？」空氣中瀰漫著的淡淡檀香，讓風暮音感覺自己躁動的心正在慢慢平靜。

「在回答這個問題前，我想先問妳幾個問題。」夜那羅問她：「妳知不知道什麼是『過去』？什麼又是『改變』？」

「過去？指的就是已經發生過……」風暮音不知道他想要的答案是什麼，回答得有些猶豫：「至於改變……」

「產生新的不同的變化。」夜那羅接了下去：「妳想要知道的，其實就是如何才能讓已經發生過的事情產生不同的變化和結果。」

「是啊！」風暮音點點頭。

「用一句話就能解釋清楚，也不是十分難理解。」夜那羅突然嘆了口氣：「但是妳有沒有想過，這件事本身一點也不合邏輯。」

「我知道這問題很奇怪。」對於人類來說，這問題當然不合常理：「不過問我這個問題的，並不是普通的人類。就人類的邏輯來說不能成立，可是非人類的話，是不是會有不同的答案呢？」

「這一點妳倒是想錯了。」夜那羅慢慢搖了搖頭：「所有世界裡，都有一個通行的準則，那就是時間。」

「時間？」

「簡單地說，時間就是一切遵循的基本，具體地說也就是過去、現在和未來。」夜那羅微微一笑：「這不僅是人類，而是所有種族都必須遵循的法則。過去的事已經結束，現在的事正在發生，未來的事無法知曉。時間在每個世界都是一致的，絲毫無法混淆和轉變。」

「但是……這裡的時間就很奇怪啊！」風暮音皺起了眉：「白天和黑夜的時間忽長忽短，這樣也叫做和其他世界一致嗎？」

「看起來的確如此，事實上卻不是。」夜那羅伸手摸著自己眼睛上纏繞的白布：「妳要知道，這裡是由無數不同意識構築而成的世界，每一個意識對時間感知的偏差都會影響這個世界的變化。其實除去一切外在因素，這個世界並沒有白天和黑夜的區別，但是時間流逝卻和其他世界一樣。」

風暮音想了想，卻想不明白：「就算所有世界的時間一致，又代表什麼呢？」

「雖然每個世界獨立存在，但所有世界都相互牽連影響著。比如人類的世界發生了一件看似微不足道的小事，但結果就可能影響到未來所有世界的命運。」夜那羅的聲音很輕，說話的節奏也很緩慢：「我們來設想，如果可以改變過去某段時間發生的事，那意味著什麼？」

「未來一切都會改變……」

「是的，不僅是事情的本身會產生變化，連帶所有一切，甚至你意料不到的地方也會產生變化。」夜那羅的聲音在屋裡迴盪：「所以，以時間的劃分作為鐵律，這是任何世界、任何人和任何法術都不能逾越的準則。」

「你的意思是……」她不敢胡亂猜測，生怕不幸言中就糟了。

「關於妳的問題。」夜那羅很乾脆地回答了：「我不知道答案。」

「不知道是什麼意思？」這答案完全出乎風暮音的意料：「不是可以就是不行，為什麼會是不知道？」

「我說不知道，因為在我所認知的範圍，改變過去是不可能的。」夜那羅的眼睛上明明綁著東西，風暮音卻有被他審視著的感覺：「如果今天換了別人問我，我會立刻告訴他沒有任何方法。但如今是由妳來問，我只能回答不知道。」

「是不是我問的，和答案有什麼關係？」風暮音的腦子越來越混亂了。

「當然有。」夜那羅的目光停留在她臉上：「未來的事還沒有決定，命運至今也沒有給出更明確的指示。」

風暮音以為他說完這句話，後面應該還會說些什麼的，沒想到夜那羅直接靜了下來，就這麼和她對坐著。

她實在想不出對方想暗示什麼，於是轉頭去看天青，沒想到對方居然一副靈魂出竅的樣子，面無表情地坐在那裡發呆。

「請問你剛才最後一句是在說什麼？」等了好一會，身邊的兩個人就像說好了一樣沒有動靜。風暮音再也不想忍受這種過分的寂靜和壓抑，決定問清楚。

「妳不用理會太多，只要按照自己的想法去做就好。」夜那羅依舊用那種很慢的節奏說話：「一切的一切，不過只是試煉和必經的歷程。」

「我不知道什麼試煉或者未來，我只知道如果我不把答案告訴魔王，就永遠無法從魔界救出我的父親！」

「席狄斯……」夜那羅突然笑了。

「席狄斯？」風暮音疑惑地重複了一遍。

「現任魔王的名字。」夜那羅告訴她：「他統治魔界很久了，所以我多少對他有些瞭解。」

「那你為什麼要笑？」這是風暮音第一次聽到魔王的名字，但她想不出這有什麼好笑：「你覺得我在騙你嗎？」

「不，我並沒有其他的意思。只不過如果是他問了妳這個問題，那麼我現在就可以回答。」夜那羅收起笑容，淡然地對她說：「所謂魔族，最喜愛看到他人在絕望和希望間痛苦掙扎。」

「什麼意思？」風暮音疑惑地問。

「他根本不擔心妳能不能答出這個問題，因為他知道這個問題根本沒有答案。」

「你是說……」

「說得直接一點，他只是和妳開了個玩笑。」夜那羅說：「如果我是妳，就會放棄尋找答案，試想其他可行的方法。」

「還有其他方法嗎？」風暮音想笑卻笑不太出來：「他太強大，而我只是一個弱小的人類，根本沒有在力量上與他抗衡的可能。」

「問題的根源不在於種族。」夜那羅伸出他的手，在風暮音手中拿回了之前給她的金色幻惑花：「妳走吧！現在的妳還不應該來。」

看著那張表情平靜的臉，風暮音知道就算再怎麼追問，也不可能從這個人身上得到任何答案了。

夜那羅走在前面，腳上的金飾在步履間發出一種細碎悠揚的聲音。

風暮音怔怔地看著眼前的背影，腦海中一片空白。直到垂放著的手突然被一股溫熱包覆，她才轉頭看向身邊的天青。

「暮音，妳的手好冷。」天青溫柔地笑著：「不用擔心，我們會有辦法的。」

風暮音勉強地點了點頭，回了他一個笑容。

「有人告訴我，這裡有通往人類世界的道路。」跟著夜那羅走出了那扇大門，風暮音才問他：「請問，如何回到人類世界呢？」

「這一點不用擔心。」夜那羅說完，輕喊了一聲：「阿洛。」

眼角突然有東西動了動，風暮音仔細一看，才發現一旁角落的陰影裡站著一個黑色的人影。

「他是……」她的目光放到了黑漆漆的鐵鍊上：「帶我們到這裡來的人！」

「阿洛來這裡的時間不長，我看他沒地方可去，就允許他暫時留在這裡。」夜那羅側過頭對她解釋：「不過看來，他很快就要離開了。」

雖然聽起來和自己沒什麼關係，但風暮音還是附和著點了點頭。

「這裡半夜時常會有很可怕的東西出沒，你們遇上的是阿洛，運氣真的很好。」夜那羅對著那個叫「阿洛」的人說：「阿洛，把她送到出口那裡。」

那個「阿洛」沒有說話，只是彎了一下腰，身上的鐵鍊也隨之發出鏗鏘聲。

「為什麼要綁著他？」看了那個人很久，風暮音終於忍不住問：「他是囚犯嗎？」

「囚犯？」夜那羅搖了搖頭：「當然不是。」

看得出來，她這個問題讓所有人都覺得驚訝了，甚至連阿洛都微微抬起了頭。

「那為什麼會綁著鐵鍊？」風暮音有些不滿地說：「他沒有犯錯，卻要被鐵鍊鎖著，這不是很奇怪嗎？」

「我想妳誤會了，這枷鎖並不是我或者這裡的其他人為他加上的。」夜那羅話中有話：「是某些特殊的原因，才沒有辦法取下來。」

風暮音還想說些什麼，耳邊卻響起了鎖鍊撞擊的聲音。看見那個裹得密密實實的阿洛自顧自走開，她心裡倒有些尷尬。

「可能他不願提起這件事情。」天青把手放到她的肩上：「別管了，我們走吧！」

夜那羅跟在他們身後，直到剛才和他們相遇的地方。

「不論怎麼說，還是感謝你的幫助。」

「請不要這麼失望。」他笑著對風暮音說：「也許事情很快就會產生意想不到的變化了。」

「希望吧！」風暮音把這話當成了安慰。

夜那羅像是知道她不怎麼相信，也沒再多說什麼，只是保持著笑容送他們離去。

「我們已經等待了太久……」

再次走進森林時，夜那羅的聲音傳進了風暮音耳中。

她轉頭去看，只看到逐漸消失在金色花海中的身影……

【第三章】

也許是戴著鎖鍊的關係，阿洛走得很慢。

風暮音滿腹心事，倒也沒去計較速度的問題。天青只是拉著她的手，靜靜地等著她開口。

「天青，我真的什麼都做不到嗎？」雖然風暮音已經盡量強迫自己不要多想，但憂慮還是像巨石一樣重重地壓在她心上：「就像風雪……或是我父親的事，如果換了別人，可能會比我做得更好。」

「不要太勉強自己。」天青摸了摸她的頭：「妳已經做得很好了。」

「真是老套的安慰法。」風暮音沒想到自己還笑得出來：「你是不是希望我抱著你大哭一場？」

「如果妳願意，我當然很樂意出借懷抱。不過我知道妳不會，因為我的暮音比任何人都堅強。」天青幫她把垂落下來的頭髮夾到耳後：「在我心裡，妳永遠是獨一無二的，誰也無法取代。」

「誰是……」風暮音正準備罵上兩句，突然耳中傳來很大的響聲。她往前看去，看到阿洛結結實實地摔倒在地，腳邊有一根從地底冒出來的樹根，看樣子是被絆倒的。

風暮音直覺想上前扶人，卻被天青一把拉住了。

「別過去。」天青看出了她眼裡的疑惑，慎重地對她說：「離他遠一點。」

「為什麼？」她不明白天青為什麼對這個叫阿洛的人這麼排斥：「我不覺得他有什麼惡意。」

「不要多問。」天青看著那個蹣跚爬起的背影，冷冷地說：「總之別去管他。」

「你抓痛我了！」天青鬆手的瞬間，風暮音往後退了一步，疑惑地問：「你怎麼了？你認識他嗎？」

「我怎麼可能認識一個囚犯？」

天青臉上的輕蔑讓風暮音覺得不太舒服，她有些冷漠地說：「你現在的樣子看起來很沒禮貌。」

下一刻，她就察覺自己說得有點過分了，因為天青的臉色立刻就變了。懊惱在她心裡一閃而過，自己或許不該這麼尖銳……

「暮音，不要任性。妳看他這個樣子，說他是囚犯都有點勉強。」天青的語氣倒是溫和，但臉上已經完全沒了笑容：「說不定拿開那塊布，他只是一個骷髏或者一隻妖怪，這種東西值得我們吵架嗎？」

「你說什麼？」風暮音不敢置信地看著天青：「難道你不知道你這麼說，簡直是差勁到極點嗎？」

「收回妳的話。」天青轉眼笑了，但是風暮音從那勉強的笑容裡看出他真的非常生氣：「我知道妳不是真的想這麼說。」

「我沒有說錯話，為什麼要收回？」她不覺得天青有生氣的理由，她說的都是事實：「我覺得你應該去跟阿洛道歉。」

「道歉？」天青目光閃動：「妳確定？」

「你這麼侮辱別人，卻連道歉也不願意？」風暮音轉身走開：「你最大的缺點就是傲慢，好像誰都比你低了一等，你以為你是誰啊！」

她也不管天青聽了會有什麼反應，徑直走到阿洛旁邊，蹲下去幫他解開了腳上纏在一起的鎖鍊。

「阿洛，你沒事吧！」風暮音站起來，認真地告訴阿洛：「請不要在意他說的那些蠢話，你把他當成沒腦袋的傻瓜就行了！」

阿洛搖搖頭，看向站在遠處的天青，再把頭轉回來看風暮音，似乎因為兩人之間的冰冷氣氛感到不自在。

風暮音知道天青很生氣，但那又怎麼樣？在她看來，天青就像一個被寵壞的孩子，表面看起來彬彬有禮，內裡卻是極度傲慢和自負！

從那次爭執後，風暮音就決定和阿洛一起走在前面，好在他走路困難時幫他一把。直到天黑，她要求阿洛幫忙生火，然後和他說說話。

當然是她在說，阿洛負責靜靜聽著。

「別看他，他需要好好冷靜一下。」她現在一眼都不想去看那個自大狂妄的傢伙。

阿洛看著她，輕輕點了點頭。

「讓我看看你的鍊子好嗎？」她小心地詢問著。

阿洛看著她半天都沒有反應，在風暮音以為自己被拒絕的時候，阿洛倒是把雙手遞到了她面前。

她朝阿洛友善地笑了一下，低頭研究起那條鍊子。鍊子本身不粗，看起來也不是特別牢固，但是她用手扯了一下，卻紋絲不動。非但如此，還隱約地有種力量，把她的手從鎖鍊上彈開。她被彈得朝後仰倒，多虧阿洛一把抓住了她的手，她才沒有摔倒。

「謝謝你。」風暮音低頭看向他抓著自己的手，注意到那只手雖然蒼白了一點，但和自己一樣是有血有肉的。

天青說的果然都是些蠢話，這哪裡像妖怪或骷髏了？

「為什麼不拿掉斗篷？」風暮音想要揭開蓋在阿洛臉上的黑布，卻被他更快一步地抓住了她的手。

「你不覺得這樣子行動很不便嗎？」想起他一路上辛苦的樣子，風暮音對他說：「別擔心，不論你是什麼樣子我都不在意。」

「不行！」整個下午到現在，阿洛終於開口說了第一句話。

「好吧，那就算了。」雖然風暮音很好奇，但她也不願意勉強別人：「反正也無所謂。」

阿洛慢慢地放開了她的手。

「你在這裡很久了嗎？」因為實在太無聊了，又一點睡意也沒有，風暮音就拖著阿洛說話：「一個人在這裡很寂寞吧？」

阿洛慢慢地點頭，又慢慢地搖頭。意思應該是他在這裡很久了，但他不感到寂寞。

「你好像不喜歡說話。」只能得到點頭或者搖頭的反應，風暮音覺得自己好像是在猜啞謎。

「妳不用生氣。」阿洛低著頭，用那種非常緩慢的語調說：「他說得很對，我甚至稱不上是一個人類，不值得為我和他吵架。」

風暮音聽了有些哭笑不得，不瞭解他這是什麼邏輯。

「阿洛，不僅僅因為你是不是人類！」風暮音表情嚴肅地告訴他：「每個人都有自己的尊嚴，不管是誰，都沒有權力隨意踐踏別人。如果你感覺自己被侮辱了，就應該大聲制止和反對。」

「我可以嗎？」阿洛輕聲地問。

「當然！」風暮音加重了語氣：「我覺得阿洛是一個有著高貴品性的人，任何人都不該看不起你！」

她會這麼說，是因為一起走路的時候，阿洛總是盡量讓她走在平坦的地方，還會很小心地幫她踢開路上的碎石。

「謝謝妳……小姐……」能夠看得出來，阿洛很不習慣向人道謝。

「叫我暮音就好！」

「暮音。」阿洛很聽話地重複了一遍。

風暮音想，阿洛應該是在對自己微笑，所以她也對阿洛笑了。

「暮音。」

這時，有一道不是那麼討人喜歡的聲音打斷了兩人的友好談話。

風暮音有些惱怒地回過頭，但當她看到天青臉上的表情，卻一下子呆住了。

天青怎麼好像……被拋棄的小動物那樣？明明就是他不對，怎麼還能擺出這樣的表情！

「能和妳單獨談談嗎？」天青的語調幾乎就是哀求了：「就十分鐘好不好？」

她絕對不會心軟的！絕對！

「暮音！」天青垂下了頭，感覺就像搭拉著耳朵的小狗：「妳真的一點機會也不願意給我嗎？」

風暮音，不要心軟，就算他看起來再怎麼可憐，也不要理他！

結果——

「說吧。」風暮音背對著天青，有些惱怒地問：「到底什麼事？」

其實她不只是對天青生氣，她更氣自己三兩下就放棄堅持。這時候，一顆腦袋突然靠到她肩上，正在用力生氣的她嚇了一跳。

「喂！我是叫你說話，誰允許你——」風暮音還沒說完，就被一隻手捂住了嘴巴。

「暮音，先聽我說完好不好？」天青仗著力氣比她大，得寸進尺地把她困在懷裡。

她最討厭這種完全失去平等原則的談話，奮力掙扎了起來。

「暮音。」天青突然在她脖子邊嘆了口氣，害她掉了一地雞皮疙瘩：「妳真是狠心。」

狠心？這完全是顛倒是非了吧！

「妳故意對他那麼好，是因為妳知道我最討厭看到妳對別人比對我好。」天青哀怨地對她說：「就算是故意氣我，這麼久也該夠了吧！」

真不知道他這種自信從哪裡來的！

由於不能說話，風暮音只能翻了個白眼表示不對。

「我向妳道歉好不好？」很馬虎地道歉完，天青轉而用埋怨的口氣說：「妳以後不許對別人笑，要笑的話就對著我笑。」

「天青！」風暮音終於沒有辦法再聽下去了，用力掙開了他的手臂：「你到底那隻眼睛看到我一天到晚對別人笑的？」

「不許不許！」天青兩隻手用力環住她的腰，居然用小孩子撒嬌的口氣嚷嚷：「暮音是我的，不是別人的！」

「求你不要這麼噁心好不好！」風暮音想不通為什麼到了最後，自己還是無法對這傢伙生氣，只覺得無奈。

「不要生氣了，好不好？」天青在她耳邊輕輕地說：「我會改的，只要妳希望我是什麼樣的，我就會是什麼樣的。」

風暮音聽到他這麼說，愣了一下，好一會才回答：「你根本不需要這麼做。你這麼做，會讓我有很大的壓力。」

「妳不希望我為妳改變嗎？」天青走到她面前，有些疑惑地看著她：「妳不希望我和妳心目中所想要的人，是一模一樣的嗎？」

「你就是你，不需要為任何人改變。」風暮音看著他的眼，一直以來，她都覺得這雙眼睛很美：「世上沒有完美的人，雖然你的缺點是多了一點，但是如果你不是出於真心改變，那就保持原樣好了。對我來說，與其看到你強迫自己改變，還不如維持現狀。」

「這點妳不用擔心。」天青看了她一會，然後低下頭笑了：「我是因為希望自己成為妳心目中最完美的對象，所以自願為妳改變的。」

「對不起。」風暮音覺得自己多少也有不對的地方：「我白天對你的態度實在不好，如果你覺得委屈，可以打我幾下。」

「風暮音！」天青搖了搖頭，無奈地嘆息著：「我就知道，妳是生來剋我的。」

看到他深邃的眼睛裡滿是寵溺，風暮音的心微微一顫。天青有時是個任性的孩子，有時像溫柔體貼的情人，有時是瞭解和支持你的知己，有時卻又像要把你寵壞的長輩。她想，自己或許是真的被迷惑了……

「妳原諒我了對不對？」一轉眼，天青又擺出了那種可憐兮兮，想要博取同情的樣子。

「沒有。」她面無表情地看著這個討厭的傢伙：「除非你答應讓我做一件事。」

「什麼事？」天青像是察覺到了什麼危險，很小心地問。

「先閉上眼。」聽風暮音對他說完，天青先是一愣，然後不知道想到了什麼奇怪的事，居然喜孜孜地閉上了眼。

風暮音在地上找到一下，很快找到了可以用的材料。

「好了沒？妳快點。」天青不耐煩地催促著。

雖然不知道他在開心什麼，但是想到自己要做的事，風暮音的心跳也有點加速。

「我沒說可以之前，你不許睜開眼。」

天青聽到後用力點頭的樣子，實在是……就著遠處微弱的火光，風暮音手上拿著找來的東西，慢慢靠近他的臉……

「是什麼……」

「不許說話！」風暮音佯裝生氣，他果然乖乖不說話了。

左邊三劃，右邊再三劃，當中一個黑色的圓圈，完工！

「好了！」風暮音退後一步，看了一下自己的傑作，滿意地點了點頭。

「妳在我臉上做了什麼？」天青舉起的手被她拉住。

「也沒什麼特別的。」風暮音告訴他：「我只是做了一直以來想對你做的事。」

隔天早上，天青去水邊洗臉時，風暮音如願以償地聽到了他的慘叫聲……

他們回到火堆旁的時候，阿洛站在那裡等著他們。

「對不起。」天青主動朝阿洛伸出了手。

阿洛看著他沒說話，轉身就走。

「我說了，他不接受。」天青朝她聳聳肩：「這不能怪我了吧？」

「是你太沒誠意。」她看了天青一眼：「你也不要再欺負他了。」

「妳把我想成什麼了？」天青一臉苦笑：「原來在妳心裡，我這麼無恥啊！」

「不是嗎？」她冷笑了一聲：「天青是個小氣又愛記仇的傢伙，這我早就知道了。」

「既然妳這麼說……」天青裝模作樣地摸著下巴：「那我以後就偷偷地欺負他好了！」

風暮音一腳踢過去，天青早有準備地跳開了。

後來，走在他們前面的阿洛變得更加沉默了。風暮音莫名其妙地有一種罪惡感，覺得自己好像無意間做錯了什麼。

「在想什麼？」天青總是會挑時間打斷她的思緒。

「在想你臉上的圖案那麼可愛，為什麼要洗掉呢……」風暮音嘆了口氣。

「妳還說！」天青瞪了她一眼：「都是妳把我畫得像個傻瓜一樣！」

「不是傻瓜，是貓。」那個時候的天青就差一對耳朵，不然十足就是一隻被欺負了的小貓。

「唉，我的形象啊！」天青誇張地嘆了口氣：「這下子徹底被妳毀掉了。」

「你有那種東西嗎？」風暮音嗤之以鼻：「我只是想讓你看起來不是那麼討人厭。」

昨晚阿洛一定是躲到哪裡偷偷去笑了，才會一整晚沒回來。

「暮音，我真不明白妳是個怎麼樣的人，有時沉默穩重，有時又古靈精怪的……」天青摸了摸她的頭：「不過，不管妳變成怎麼樣，都可愛。」

可愛？這種形容詞聽上去很彆扭。不過為了不破壞剛剛和好的氣氛，風暮音勉強地笑了一笑，算是接受他的恭維。

只不過看到前面阿洛的背影，風暮音心裡還是暗自嘆了口氣。她又不是傻瓜，怎麼會看不出天青並不是真心地反省。但高傲的天青願意為她向阿洛開口道歉，她也沒有立場繼續指責了。

風暮音想像著，或許以後天青會慢慢改變，雖然「為她改變」的說法顯得可笑又幼稚……

風暮音解開襯衫的釦子，把頭髮撥到一邊，扯著衣領往後拉，然後靠近水邊，往水中倒影看去。

在她背部兩邊的肩胛骨下方，有兩道猙獰的傷口。傷口處皮開肉綻，但是絲毫不見鮮血，連她自己看了都有些作嘔。

這些傷口是從這兩天開始出現的，一開始時，她只是覺得這兩個地方隔著皮膚隱隱作痛，看的時候發現皮膚上有一些擦不掉的古怪符號。隔了沒多久，符號消失，出現了兩道紅色血痕，接著是皮膚裂開，細小傷口慢慢演變成這樣。

她重新穿好衣服後，蹲在池塘邊，朝著水面發了會呆，最後從口袋裡拿出了小刀，把頭髮一縷一縷地割斷，最後再把割下來的頭髮用樹葉什麼的蓋好。

做完這一切後，風暮音站起來轉身，卻被身後的人嚇了一跳。

「阿洛，這麼早啊！」風暮音和他打招呼，要求自己盡量笑得自然一點：「怎麼不多睡一會，天才剛亮呢！」

她猜阿洛應該沒有看到什麼。

「妳……」

「我口渴，所以過來喝水！」風暮音遮著自己的眼，裝出還有點睏的樣子：「我還想再睡一下，先走囉！」

「紫色……」阿洛微微帶著驚訝的聲音在她身後響起，她的腳步一下僵住了。

「阿洛，關於這件事……」他臉上不是遮著布嗎？怎麼看到的？「我想我可以解釋。」

「傳說中，只有魔族才擁有紫色的眼睛。」第一次聽見阿洛說話這麼連貫，可把風暮音嚇了一跳：「妳是人類，瞳孔不應該出現這種顏色。」

「既然被你看到了。」風暮音雖然懊惱，但還是用極為誠懇的目光看他：「阿洛，幫我保守祕密吧！」

「我不明白……」

「你不明白，我更不明白。」風暮音摸了摸自己的眼皮：「我的眼睛好像總是出狀況，不是差點瞎了就是亂變顏色。還好只是持續一小會就會變回去的，要是天青看到就不得了了。」

雖說原先死氣沉沉的黑色眼瞳不怎麼樣，但是一下子變成紫眼才是真正可怕。

「總是有原因的。」阿洛斗篷下面的眼睛在仔細打量她：「而且妳的頭髮生長的速度超乎常人，這是個很糟糕的現象。」

「原來你說話也能這麼流利啊！」而且聽起來……還是很奇怪？「那你平時為什麼總是一個字一個字說呢？」

「這個不重要。」說不重要，可是阿洛的語速明顯放慢了許多：「妳身上的變化才是最需要擔心的。」

「阿洛，謝謝你為我擔心。」風暮音走到他面前：「不過你要答應我，這件事千萬不能告訴天青。」

阿洛愣了一會兒，才一個字一個字問：「為什麼？」

「我不希望他為我擔心。」她笑了一下：「也許過一陣子它就會不見的，也就沒必要告訴他了。」

「妳愛他，是嗎？」阿洛直接就這麼問了。

風暮音走到池塘邊蹲了下去，呆呆地看著水中的倒影。

「說不上愛或不愛，其實我也搞不清楚自己對他的感情……」不知道為什麼，風暮音覺得阿洛給自己一種莫名的親切感，好像什麼事都可以告訴他：「從認識開始，他就對我很好，已經有很久沒有人對我這麼好了，久而久之我好像有點習慣了。如果說愛也許太嚴重了，不過我想我至少是有點喜歡他的。」

阿洛也慢慢走到了池塘邊，和她一起看著水面，雖然她懷疑阿洛看不看得到什麼東西。

「和我說說好嗎？」過了一會，阿洛突然對她說：「那些事情。」

「哪些事情？」風暮音抬起頭看他。

「妳和他，你們是在什麼時候認識的，怎麼認識的，還有……一切！」

「都是些瑣碎的事。」風暮音搖搖頭：「其實也沒什麼可以拿來說的。」

「喜歡一個人是什麼感覺？」阿洛居然問：「妳喜歡他，那麼也會喜歡我嗎？」

「你嗎？我覺得你很特別，好像有很多祕密，也好像是個很單純的人。」要是換了別人風暮音早就生氣了，但是阿洛這麼問，她就覺得有趣：「你和天青完全是不一樣的，不能混為一談。」

「我和他有什麼不一樣？」

「完全不一樣啊！」風暮音笑了：「阿洛是阿洛，天青是天青，哪裡一樣了？」

阿洛沒有回答。

「好了，變回來了。」她照了照自己的樣子，站起來伸展了一下四肢：「天青也該醒了，我們回去吧！」

風暮音走了一段路，發現阿洛沒有跟上來，回頭看到他還站在池塘邊發呆。似乎若有所思。

「阿洛，我們還要走多久啊？」風暮音終於開口打破了沉默。

「妳累了？」天青一出聲問，前面的阿洛立刻停了下來。

「不是。」她搖了搖頭：「只是……」

阿洛倒也算了，他本來就不喜歡說話，但是天青他……好奇怪！

「天青，你沒事吧！」繼續前行後，風暮音拉住他的手，輕聲地問。

「我沒事。」

不像是錯覺，天青真的很奇怪。這種語氣和神情，她從來沒有在天青身上見過。這樣的天青，冷淡地……有些可怕……

「如果是早上的事，我和阿洛不過是聊了會天。」想到可以讓他生氣的原因，風暮音笑著說：「然後我們……」

「我知道，妳不用解釋了。」天青看了她一眼，眼裡是暗沉的綠。

笑容凍結在風暮音的嘴角，她的手從他掌心中滑出，然後……再也沒有握在一起……

【第四章】
Lies
and
Love

這天晚上，風暮音一直沒能睡著。

天青沒有像往常一樣坐在她身邊守著她、和她說話直到她睡著為止，而是坐在旁邊的樹下。阿洛則盤膝坐在另一邊，三個人的位置形成了一個等邊三角形。

也許是因為今晚森林裡的霧氣特別重，天青的臉看起來有點模糊。

躺在阿洛幫她鋪的樹葉床上，火堆就在不遠處，風暮音還是覺得有點冷。之前天青會在上風處幫她擋著，平時會覺得是多此一舉，這時天青不那麼做了，她反倒覺得他有點過分。

難道，自己真的被他寵壞了？

再想想，如果是幾個月以前的風暮音，怎麼會為這種事心煩？又怎麼會擔心別人生不生氣？還有……怎麼可能把別人的臉畫得像貓一樣？

想到天青那時的樣子，風暮音就忍不住笑了起來，心也稍微安定了下來。

天青怎麼可能生她的氣，最多只是在鬧彆扭。

他真的很像孩子，容易生氣也很好哄……風暮音睡著以前在想，到了明天要好好問問天青在生什麼氣，不論他生什麼氣，都要和他和好。因為一個人躺在這裡，感覺實在太差了！

半夜，風暮音突然驚醒，還出了一身冷汗。下意識地，第一個反應就是找身邊熟悉的那個人。

「天青！」她朝天青坐著的位置看去，卻發現那棵樹下什麼也沒有。

她打了一個寒顫，拉緊了身上的斗篷……斗篷？她低頭看了一下，確定披在身上的斗篷是阿洛的。她嚇了一跳，連忙站起來，才發現另一邊的阿洛也不見了。

「奇怪……」這個時候，他們去哪裡了？是一起離開的嗎？

不知從哪裡突然颳來一陣風，把火堆吹熄，四周陷入了黑暗，這時風暮音反倒漸漸冷靜了下來。

她先深吸了一口氣，披好阿洛的斗篷，決定往四周去找。

找人時應該邊找邊喊的，但風暮音深怕引來更可怕的生物，只能獨自在樹林裡拚命打轉。找了很久，就在她準備回到火堆處再看看時，聽到了一個聲音。很輕的聲音，但是她很熟悉……是阿洛的鎖鍊聲。

她站在原地想再確認一下，卻沒再聽到任何聲音。最後，她只能大致判斷了一下方向，朝著那裡跑去。

霧越來越濃，很快風暮音什麼也看不見了，就是在一片白色中奔跑著。她不知道是霧或者其他讓自己這麼慌張，這麼不安……也不知道跑了多久，在頭髮和衣服被霧水和汗水浸得濕透後，她終於衝出了那片白色的迷霧。

她喘著氣，還來不及看清眼前景象，最先映入眼中的，就是天青錯愕的臉！

「天青！」她喊著天青的名字，剛想跑過去，卻又猛地停了下來。

這個時候，她終於注意到還有另一個人，那人背對著自己，穿著白色的衣服，然後……長長的頭髮散發著冰冷光芒。

那銀色的頭髮……

風暮音是用一種近乎尖叫的聲音把自己吵醒的。

她真的醒了，卻不明白為什麼四周還是一片黑暗……

「天青！天青！」她被嚇壞了，大聲地喊著：「天青你在哪裡？」

周圍一片漆黑，什麼都沒有……

「天青……天青……」她的手在漆黑的空間裡摸索著，聲音慢慢低了下來：「你在哪裡……天青……」

從半空垂落的手落在了溫熱的掌心裡。

「天青？」她一愣，但隨即緊緊地抓住了那只手：「是你嗎？天青！」

「是。」有個聲音回答了她，是天青的聲音。

「天青！」風暮音往他身上靠了過去，驚慌地問：「你沒事吧？那個人有沒有把你怎麼樣？」

「我沒事。」天青好像被她的動作嚇了一跳，但隨即伸手輕輕地摸摸她的頭：「妳放心，我沒什麼事。」

「那就好了。」風暮音鬆了口氣，把頭靠在天青身上，輕聲地告訴他：「我好像……看不見了……」

「看不見了？怎麼會？」天青倒是緊張了起來：「妳的眼睛怎麼了？」

「你別著急。」風暮音抓住了他碰觸著自己眼睛的手指：「我想，可能只是暫時性的，過一段時間就會恢復的。」

「真的嗎？」天青好像很不放心的樣子。

「真的。」雖然她不太肯定，但更不希望天青為自己擔心。「對了，那個人……怎麼會在這裡？」

「妳認識他？」天青問了一個很奇怪的問題：「以前就認識了嗎？」

「當然不是。」風暮音搖了搖頭：「你忘了嗎？我們剛到這裡時見過那個人，還有你說的那些以前發生的事。」

天青顯然不想再勾起她不好的回憶，只是輕輕地「嗯」了一聲。

風暮音靠在天青身上，感覺著溫度從他身上源源不斷地傳來，終於稍稍放下了心。

但是一鬆懈下來，她就發現了奇怪的地方。

「天青，我的背上……」她用一種很小心的聲音問：「有什麼東西在那裡，對不對？」

她明顯感覺到天青的身體僵了一下，也沒有立刻出聲回答她，於是她自己伸手往背後摸去……柔軟的、龐大的……

「天青，我的背上，怎麼會有……羽毛？」風暮音不確定地問，但是手中的觸覺告訴她，的確是羽毛沒錯。

「沒關係的。」天青回答的聲音很低：「不用擔心，那只是一對翅膀。」

什麼叫「只是一對翅膀」？

風暮音離開了他的懷抱，用力把那東西抓到身體前面來……那就像連接在自己身上的肢體，當她意識到這一點時，強烈的恐懼從心裡湧上。

「別這樣！」天青拉住了她的手，安撫似地說著：「不要驚慌，這沒什麼，妳不用擔心。」

「可是……怎麼會有一對翅膀？」她反抓住天青：「這不正常，一點也不正常！」

「暮音，妳冷靜一點。」天青捧住了她的臉頰，溫柔地對她說：「這翅膀很美，妳就像天使一樣，不用擔心。」

「天使？」

「是的，妳有一對雪白的翅膀。」風暮音被摟進了一個溫暖的懷抱裡，溫熱的手在她背上移動著：「很美，妳就像天使一樣美麗。」

天青似乎不想談及昨晚的事，而風暮音心底也莫名懼怕著那個銀色頭髮的人，也根本不想提起。

「天青，阿洛呢？」風暮音聽到天青在收拾東西的聲音，想到了平時做這些事的阿洛：「他到哪裡去了？」

她抬起頭，體會著陽光照射在臉上的溫暖。

「他已經回去了。」天青回答：「出口就要到了，他不會再繼續跟著我們。」

「是嗎？」風暮音垂下了頭：「都沒有聽他說過。」

「怎麼？」天青走到她面前：「妳捨不得他嗎？」

「阿洛是個很特別的人。」她抬起頭面對著天青：「我會想念他的。」

「他知道了一定很高興。」天青摸了摸她突然長長的頭髮：「我們走吧，還有一段路呢！」

「前面有塊很大的石頭，我們要往右邊繞一點。」

風暮音覺得背上的翅膀很礙事，那讓她幾乎連走路也不會了，一路上只能靠天青攙扶。她聽見天青為自己踢開面前所有阻礙，忍不住用力握緊了他的手。

「天青。」

天青似乎太專心了，沒有聽到風暮音喊他，直到第三遍才輕輕地應了一聲。

「阿洛。」

天青突然停了下來。

「阿洛，你的聲音和天青很像呢。」風暮音勉強笑了一笑：「只聽聲音，我也分辨不出來。」

「但妳還是知道了……」

「因為阿洛是阿洛，怎麼會分辨不出來呢？你看，你的手這麼暖和，天青的手總是冷冷的，你們一點也不像。」風暮音拉著他的手，輕聲對他說：「好了，不要開玩笑了。是天青出的主意對不對？你怎麼也和他一起欺負我呢？你快把他喊過來吧！」

「暮音……」

「阿洛，這一點也不好笑。」風暮音緊緊地抓住他的手，用顫抖的聲音警告他：「你去告訴他，再不出來我就要生氣了，我不會原諒他的。」

「暮音，你聽我說，昨天晚上他……」阿洛的聲音十分乾澀。

「什麼？」風暮音抓住他的衣服，手止不住得有些發抖：「他怎麼了？」

「妳先冷靜。」

「我很冷靜！」風暮音連聲追問他：「你說啊，天青在哪裡？」

「暮音……妳怎麼會這麼傻呢！」阿洛突然把她抱進了懷裡，不管她怎麼掙扎也不放開：「妳這個樣子，我該怎麼告訴妳呢……」

風暮音的脖子猛地一痛，最後只聽到嘆息聲在她耳邊縈繞，她完全分不清那到底是誰在嘆息，是阿洛……還是天青……

當風暮音再次醒來時，發現自己在一個怎麼也想不到的地方。

她正躺在柔軟的床上，雪白的床單、雪白的被子，空氣中迷漫著淡淡的香氣，面前是一張熟悉的臉……

「妳醒了嗎？」美麗的臉上掛著甜美笑容：「肚子餓不餓？要不要吃點什麼？」

「愛麗絲？」風暮音不確定地喊她。

「是的。」愛麗絲拎起裙襬，誇張地和風暮音打招呼：「歡迎回來，暮音小姐。」

「等等，妳不是已經……」頭和身體分開了？

「托風雪小姐的福，才能更換新的身體。」愛麗絲很開心地說：「雖然說舊的沒什麼不好，但還是新的更好！不論靈活度和柔韌性，實在是太完美了！」

「喔。」風暮音點點頭，腦子裡還有點糊里糊塗的：「那就好。」

也沒有什麼好奇怪的，愛麗絲本來就是機器人……

「這裡是……」

「暮音小姐，妳睡糊塗了啊！」愛麗絲掩住嘴笑道：「這裡當然是神司大人的黃泉之城了。」

「黃泉……」

「這裡就是掌管夢與死亡的主人所居住的黃泉之城。」

「黃泉之城……風雪……」風暮音突然坐起身：「風雪呢？她怎麼樣了？夢神司把她怎麼樣了？」

「風雪小姐？」愛麗絲詫異地看著她：「她很好啊！神司大人怎麼可能把她怎麼樣？」

「胡說！」風暮音拉開被子坐了起來：「我要去——」

腳剛踩到地面，就一陣發軟，整個人往前倒去。

愛麗絲匆匆忙忙跑到她面前，想把她從地上扶起來，風暮音拍開她的手，用手肘支起了身體。

「暮音小姐。」一雙發亮的黑色皮鞋出現在風暮音面前：「妳這是在歡迎我嗎？」

風暮音半趴在地毯上，慢慢仰起頭。穿著黑色禮服的男人彎下了腰，朝她伸出了手，銀色的面具後面是一雙深邃漆黑如同午夜的眼眸。

「夢神司。」風暮音怔怔地看著他。

「能這麼快再見，我也覺得非常高興。」他看風暮音很久沒有反應過來，索性靠近幾步，然後直接把她從地上抱起。

風暮音剛想要掙扎，卻被夢神司漆黑的眼睛一看，頓時渾身無力，只能溫順地被他抱上床。

「風雪呢？」她戒備地瞪著眼前的男人。

「她很好，你們很快就能見面。」夢神司幫她蓋好了被子，甚至幫她把肩膀那裡仔細掖好：「妳的體力還沒有恢復，現在先好好休息吧！」

「等一下！」她覺得自己的眼皮開始發沉：「還有……」

「噓。」夢神司把手指輕輕地放在她嘴唇上：「做個好孩子，快點睡覺。」

不行！不能睡，還有很重要的事情……很重要……

蘑神司手上的藍寶石閃爍著柔和的光，風暮音慢慢閉上了眼，沉沉地睡去。

夢中。

就像能握在手裡的月光一樣，那頭銀髮好美。

她忍不住輕碰了一下，然後那美麗的頭髮自動纏上她的手臂，越纏越多，越纏越緊。她也不痛，只是看著自己的血肉漸漸消失，慢慢地，變成了白骨……怎麼會是這樣？

金色的樹林、濃密的霧，還有……

風暮音睜開眼，眼前是深色木質的床頂，厚厚的床帳被攏在一邊，陽光從敞開的窗戶照射進來。

有人坐在窗邊的椅子上看著她，四目相對，那人冷淡地對她說：「妳醒了啊。」

「風雪？」風暮音動了一下手腳，覺得重新有了力氣，便掀開被子坐在床沿：「妳沒事吧？」

「我會有什麼事？」風雪看著她，表情依舊冷漠：「妳好些了嗎？」

「好像沒事了。」風暮音試著站了起來，發現自己穿著白色的睡裙，黑色的頭髮一直垂到了腰上。她看著那長長的頭髮，呆呆地出了神。

「妳這個樣子，真像姐姐。」不知什麼時候，風雪已經走到了她的面前，用手指撩起了她的頭髮，看著它們一絲一絲地自指間滑下。

「是嗎？」風暮音走到書桌邊，抓起頭髮，拿起桌上的裁紙刀一切：「這樣就不像了吧？」眼看著大把黑色的頭髮落到了地上，風雪的眼中閃過一絲怔忡。

風暮音把只到肩膀的頭髮綁到腦後，拿著椅子上的衣服進了浴室。

「妳要幹什麼？」風雪擋住了她關門的動作：「妳還沒有復原。」

「天青不見了。」她平靜地告訴風雪：「我要去找他。」

風雪聽到風暮音這麼說，臉上露出了十分奇怪的表情。然後，她問了風暮音一個很奇怪的問題：「什麼天青？」

「就是天青啊，妳也見過的。」風暮音一臉疑惑，難道小阿姨已經忘了嗎？「就是和我一起到這裡來的那個人，他在迷霧森林裡失蹤了，我要去找他。」

「暮音，等一下！」風雪再一次攔住了她：「我想，我們要好好談談。」

「談什麼？」她不解地看著風雪：「既然妳沒事，我現在也看得見了，我要立刻去迷霧森林找他。」

「在這之前。」風雪緩慢地對她說：「妳能不能先告訴我，到底誰是天青？」

風暮音先是呆住，然後就笑了。

「別開玩笑了，風雪。」她又好氣又好笑地說：「我沒有時間聽妳說笑話。」

「我不開玩笑。」風雪微微皺著眉：「我也不會說笑話。」

風暮音的笑容頓住了。

「我知道妳也不是在開玩笑。」風雪握住她的手，把她從浴室裡拉了出來：「所以，我們最好先談談。」

「我完全沒有印象。」在聽完風暮音說的話後，風雪居然搖了搖頭道：「我不記得有那個人，妳在迷霧森林外被發現時也是獨自一人。」

「那是因為……」天青被人抓走了！

「暮音，我不知道出了什麼事。」風雪看著她：「但是從頭到尾，的確只有妳一個人來過這裡。」

「不可能！」風暮音立刻反駁：「我是和天青一起來的，你們都見過他！」

看到風雪一臉不信，她解開了手腕上的釦子，給風雪看那個綠色的印記。

「這也不能代表什麼。」風雪無奈地對她說：「如果妳不相信我的話，可以找其他人求證一下。」

「不用妳說，我也會這麼做。」風暮音看了她一眼，轉身出了房間。

她一直跑到樓下，看到了正在客廳打掃的愛麗絲。

「愛麗絲！」

「暮音小姐，妳覺得好些了嗎？」愛麗絲立刻走了過來。

「我有事要問妳。」風暮音拉著她問：「妳還記不記得天青？就是和我一起來的那個人。」

「和您一起來的人？」愛麗絲露出困惑的表情：「可是，您不是一個人來的嗎？什麼時候……啊，神司大人。」

「暮音小姐。」一個聲音在風暮音身後響起：「有什麼問題嗎？」

她轉過頭去，看到了靠在樓梯上的夢神司。

「你來得正好。」她緊緊咬著嘴唇：「我不知道為什麼，風雪她們要說從來沒有見過天青。」

「愛麗絲，去忙妳的吧！」待愛麗絲離開後，夢神司慢慢走到了風暮音的身邊：「我想，我能為妳解答疑惑。」

「到底是怎麼回事？」跟著他走到客廳後，風暮音迫不及待地問道：「為什麼……」

「妳先冷靜一下。」夢神司坐在椅子上，悠閒地對她說：「不論那到底是怎麼回事，妳的反應都太激動了。」

風暮音在他對面坐好，再深深地吸了口氣：「好了，你現在可以說了吧！」

「妳和席狄斯訂過契約吧？」夢神司輕描淡寫地說。

「是。」風暮音怔了一下，但還是回答：「但是這有什麼關係呢？」

「魔王和人類訂立契約，本來就是一件很荒唐的事，那也是一切問題的根源。」夢神司看著她：「契約原本是一種近似無害的法術，但是在契約結束前，妳還是會被這個契約帶有的強大魔性慢慢侵蝕。妳的法力會隨之變強，但是身體也會出現一些奇特的變化。」

「這些我無所謂。」更重要的是——

「人的靈魂是沒有任何感覺的，只有肉體才擁有感知能力。」夢神司似乎在笑：「妳不覺得奇怪嗎？為什麼在這個精神的世界，妳的身體能察覺冷熱，感到痛苦？」

「身體？」風暮音低頭看了看自己的手腳。

「在這個世界裡，沒有疼痛，沒有感覺。因為在這裡，所有有形的身體都不存在，只有肉眼無法看到的靈魂，妳所看到的這些身體，都是我創造出來的。」

「那我的身體……」想到原來自己也和愛麗絲一樣，是用零件螺絲什麼拼湊出來的，風暮音心裡有些發寒。

「不，我雖然能夠給予靈魂依附的身體，卻沒有辦法給予鮮活生命才有的感覺。」夢神司慢慢搖頭：「妳的身體，不是我給的。」

「那是……」

「我一開始也很吃驚，不過後來倒是想明白了。」夢神司靠在椅背上，手指輕輕地在扶手上敲打著：「這裡的性質和魔界相當接近，妳的身上帶有席狄斯的契約印記，那印記包括靈魂和肉體的雙重契約，所以妳的身體才可以一起來到我的界域中。」

「那又怎樣？」風暮音不耐煩地說：「我跟魔王的契約是我的事，我自己會解決。」

「我說這些，並不是想要干涉妳私人的事情，我只是想說明一件事實。」夢神司輕描淡寫地說：「妳是因為身上的契約，才能和身體來到這裡。而妳說的那個人，既沒有魔王的印記也沒有我給予的身體，就算他真的來到了這裡，也不過是妳無法看到的一個靈魂罷了。」

「怎麼會……不會的！」風暮音的動搖只堅持了一秒：「不管你們怎麼說，我相信那不是我的幻覺。」

「我很想幫妳，可是很遺憾，我不知道該怎麼說。」夢神司跟著她站了起來：「在這個地方，很多東西是依靠妳自身的意志和精神在變化，比如說妳如果相信自己看到了某個人，也許妳就真的能看到他。」

「你是想說，這一切不過只是我的幻覺？」風暮音瞇起了眼睛：「很抱歉，我不這麼認為！」幻覺怎麼可能會牽她的手？幻覺怎麼可能會擁抱她？幻覺怎麼可能……那麼真實？

「風小姐，我很遺憾。」風暮音跑上樓時，夢神司在樓梯下仰頭看著她：「我想，在這個世界裡，妳應該是找不到那個人的。」

風暮音衝進浴室脫下了睡衣，鏡子裡清晰地映出了背部。那裡什麼都沒有……即使這樣，也不能證明天青是幻覺！

風暮音打定了主意，迅速地換好衣服後拉開了浴室的門。

「暮音。」風雪站在門外等她：「妳打算去哪裡？」

「迷霧森林。」

「他已經答應我把妳送回人類世界了。」風雪攔住了她：「不要節外生枝。」

「這不是節外生枝！」風暮音覺得有些疲倦：「風雪，為什麼連妳也不相信我？」

「我願意信妳，但妳所說的事情實在太荒謬了。」風雪緊皺著眉頭：「我不知道妳在迷霧森林裡面到底遇到了什麼，但那裡一直就被稱為迷惑之地，人類的脆弱精神很容易被那裡的能量影響，也許就是因為這樣，妳才會有那些奇怪的記憶。」

「我說過那不是幻覺，我……」

啪！

風暮音捂住自己的臉，看向正慢慢收回手的風雪。

「痛嗎？」風雪問她。

她點點頭，風雪下手很重，她的臉可能已經腫了。

「疼痛可以讓人清醒。」風雪轉過頭，看著窗外飛舞的紅色花瓣：「暮音，不要被迷惑了，這裡是一個虛幻的世界，什麼東西都是虛幻的，不要急著判斷妳所看到的東西是否真實。因為有時候連我們自己，也不知道我們是不是想要真實這種東西。」

「那妳想讓我怎麼做？」

「回去吧！回到人類的世界，不要再留在這裡了。」風雪走到窗邊，推開了窗戶，紅色的花瓣飛過她蒼白的臉。

「妳不會和我一起回去的，對不對？」

「回去哪裡？」風雪閉上眼睛，微微地笑著：「我本來就屬於這裡，一直都是。」

「妳這樣……不覺得痛苦嗎？」

「對我來說，離開也許是更痛苦的。」風雪垂下了頭，視線定格在某處：「暮音，如果可以的話，不要為我留著那具身體了。這麼多年勉強維持下來，它一定也覺得累了，就讓它好好休息吧！」

風暮音走到窗邊，往外看去。

「他解救了我被禁錮的靈魂，給了我靈活自如的肢體，他對我的好，遠遠超出了妳的想像。」風雪嘴角的笑容漸漸加深：「雖然也我知道，那只是因為我很像他真正愛著的那個人……但我依然覺得是個幸運的巧合。」

風雪的笑容讓風暮音心裡泛起一陣苦澀，她持續看著窗外，夢神司正站在那片豔麗的花海裡，彎腰折下一枝紅色花朵……

Lies and Love
【第五章】

風暮音能感覺到有什麼東西輕盈地落在臉上，隨即卻涼涼地化開。

又開始下雪了嗎！

她抬起頭，看著天上紛紛揚揚的雪花。

自己為什麼會聽從風雪的話，沒有去迷霧森林尋找天青？在回到人類世界之後，這個念頭一直在風暮音腦海裡徘徊。有時候，她真希望天青真的沒存在過，那麼她也不需要浪費時間翻來覆去地想。

但是，怎麼可能呢？

她的頭髮都還清楚記得被那雙手撫過的感覺，四周還殘留著天青的氣息。最終的最終，她依舊堅信天青只是不見，而不是從來沒有存在過。

那個漆黑的深夜，當她在自己的床上醒來，只有一個人……身邊什麼都沒有，那時的她就已經後悔了。

後悔自己一個人回來，後悔把天青留在了那裡。

她的心變得空空落落，常常在街上一晃就是一天。

她不知道自己能做什麼，風雪留在了另一個世界，魔王的問題沒有答案，還有天青……風暮音坐在街邊的行人椅上，茫然地看著紛揚的大雪慢慢掩蓋一切。

「媽媽，妳看那個姐姐！」走過她面前的一個孩子在喊：「她的眼睛是紫色的！」

「快點走！」那個母親拉著孩子加快了腳步：「爸爸在家裡等著我們呢！」

風暮音垂下眼睫，沒有費心去想眼睛怎麼會在短短幾天，就變成了鮮明的紫色。

雪下得很大，漸漸地街上什麼人都沒有了。她伸出手，看著雪花一片一片落到手心，然後漸漸化成了水……

「唉——」風暮音的身後有人在輕聲地嘆息：「妳這個樣子，我怎麼能放心呢？」

風暮音把頭往後仰，看見有一把黑色的傘為她遮住了落下的雪花，有一雙綠色的眼睛溫柔地凝望著她。

「是你嗎？」風暮音慢慢地站了起來，臉上帶著疑惑：「天青……」

她害怕只是因為自己想念得太多，所以產生了幻覺。

「傻瓜！」天青為她拍掉頭發和衣服上的積雪：「這麼大的雪，坐在這裡很好玩嗎？」

「我就知道他們騙我！」她伸手抱住了天青，很用力很用力地抱緊他：「我知道你不會丟下我一個人的。」

「如果我再不出現，妳就要被凍死了。」天青又嘆了口氣：「妳永遠都學不會怎麼照顧自己嗎？」

「你到哪裡去了？」風暮音把頭埋在黑色外套裡，尋找著他身上淡淡的氣味：「他們都說是幻覺，我不相信……你到底去哪裡了？」

的。」

「暮音。」天青抬起她的下巴，擦拭著她被雪水打濕的臉蛋：「我先離開，那也是不得已的。」

「你還要走嗎？」風暮音也不知道自己為什麼會說：「你要是再不見的話，我就再也不要你了！」

天青微彎下腰，一手托著她的臉蛋，很認真地問：「如果我再也不離開，妳會一直留在我身邊嗎？」

風暮音掙開了他的手，不怎麼高興地反問他：「不是你說要永遠陪著我的嗎？」

「我會的。」天青溫柔地笑著，就像一直以來風暮音所熟悉的那樣：「只要妳願意，我會永遠陪著妳。」

風雪死了。

那幾天一直在下雪，那具從沒有裝載過靈魂的身體，靜靜地停止了呼吸。雖然知道遲早會發生，也知道風雪依舊活在另一個世界，風暮音的心裡仍舊不怎麼好受。

她沒有把風雪的身體和母親葬在一起，而是找了一塊清靜的墓地給風雪。這裡，每處墓穴都離得很遠，應該能符合風雪的標準。

和這個世界離得遠遠的，和每一個人都離得遠遠的。

也許風雪早已習慣了孤獨，因為從出生開始，她始終獨立在這個世界之外，從來沒有人真正地靠近過她……

「暮音，回去吧。」一件外套披到她肩上：「天氣太冷了，繼續站在這裡一定會著涼的。」

「天青，你知道嗎？她在撫養孩子這方面，真的沒什麼天分。」風暮音轉過頭對他笑了笑：「但比起從未謀面的母親，她才是真正陪伴著我的人。我一直以為我們的感情不深，直到看見這副身體漸漸死去，她和這個世界再也沒有聯繫的那一刻，我才知道自己有多依賴她。」

「我知道的。」天青握住了她冰冷的手：「如果妳想單獨待著，我可以離開一下，但是不能太久。」

「我不是想哭。」風暮音搖了搖頭：「只是一想到，可能再也見不到面，我就覺得有點難受。」

「沒事的，我們都知道她並不是真的死去。」天青和她並肩站著，看著那沉重的墓碑：「那個世界有她無法捨棄的東西，或許對她來說，留在那裡才是幸福的。」

那個世界？這是和他再次相遇後，風暮音第一次聽到他提起。

「天青，那個時候你……」是去了哪裡？為什麼你會在那個世界突然消失又在這個世界突然出現？你到底隱瞞了什麼？你到底是……

「妳說什麼？」天青側過頭看著她。

「不，沒什麼……」風暮音把頭靠在他肩上，目光依舊沒有離開那塊墓碑：「我只是想問，你什麼時候會覺得幸福？」

這一次的重逢後，她和天青之間，似乎有些感覺改變了。

天青依舊是她認識的天青，微涼的體溫，溫柔的對待，一切都沒有絲毫改變。甚至那種偶爾的盛氣凌人也完全收斂了起來，待她像待易碎品似的。但是，可能因為人就是喜歡自尋煩惱，有時候得到了加倍的關愛，反而覺得如履薄冰，生怕一不小心就會粉身碎骨。

「妳呢？」天青反問：「妳什麼時候會覺得幸福？」

「小時候我最喜歡吃栗子蛋糕，記得有一次我生病了，吵著要吃，爸爸冒著很大的雨去很遠的地方幫我買回來。」風暮音笑著回憶：「爸爸坐在床邊看我，而我大口吃著蛋糕的時候，我覺得那時就很幸福。」

「我的幸福。」天青摟緊了她的肩膀：「就是妳在我身邊的每時每刻。」

這個答案，似乎在意料中，卻又在意料外。

風暮音一震，回頭看到他閃爍著堅定神采的目光，一種說不出的慌亂感浮上心頭。她本以為，天青不可能有這種認真至極的表情……

「虧你說得出口！」也不知道為什麼，她沒正面回應，而是彎腰從地上挖了團雪，直接按在天青臉上：「噁心死了！」

「風暮音，妳站住！」天青嚇了一跳後，準備反擊，可是風暮音早就在偷襲成功後開溜了。

他們就像肆無忌憚的孩子一樣，在寂靜莊嚴的墓地裡打起了雪仗。

「傻瓜！」風暮音再一次打中了天青，正歡呼的時候猛地打了個寒顫……她迅速地回頭，卻只看到一片白茫茫。

啪！

一團雪打中了風暮音的頭髮，冰冷的雪沿著她的衣領滑進脖子，她尖叫了一聲，連忙拉開衣領拍打起來。

「妳沒事吧？」天青跑了過來，嘲笑她手忙腳亂的樣子。她氣急了，趁天青不注意把雪團塞進了他的衣領。

天青解下了塞滿雪的圍巾，兩三下就勒住了她的脖子。

「我道歉，我不玩了！」看情勢完全不利，風暮音非常識時務地舉起雙手投降。

天青完全識破了她的詭計，用力一扯，她只能跟著長圍巾跑到了天青面前。

「那個……天青……」氣氛好像變了，風暮音有點口乾舌燥，只能緊張地咽了口口水。

「噓。」圍巾落在她肩頭上，天青用雙手捧住了她的臉頰，墨綠色的眼睛裡閃動著光芒：「別說話。」

他冰涼的嘴唇碰上了她的。

風暮音腦海裡立刻閃過一些他以前說過的怪話，急忙閉上了眼。

沒想到，天青忽然低聲笑了出來。

「暮音，妳怎麼像是要上刑場一樣。」天青邊笑邊說：「實在太好笑了！」

「你這個渾蛋！」風暮音惱怒之極，用腳踢他：「去死吧！」

天青笑著逃開，她追了過去，重新用雪團展開了攻勢。

他們跑到墓園門口時，風暮音忍不住又一次回過了頭。

「怎麼了？」天青問她。

周圍明明一個人也沒有……

「沒什麼。」風暮音搖了搖頭，拉著天青走了出去：「肚子餓了，我們去吃飯吧！」

風暮音站在久違的學校門口，深深地吸了口氣。

「暮音小姐，我們到了。」她還來不及感嘆，身後煞風景地傳來了冷酷的聲音。

「麻煩大家了。」雖然很不耐煩，她還是禮貌地回頭道謝：「謝謝你們特意送我來學校。」

「如果有任何事情需要幫忙，請小姐立刻打電話給我。」黑西裝朝她點了點頭，所有人一動不動，顯然是要親眼看她進了校門才肯離開。

風暮音沒有勇氣去看周圍人的反應，低著頭快步走入校園。

風雪下葬那天，天青就把風暮音帶到了市區的一棟大樓，接著把她家裡的所有東西原封不動地搬了過去。面對疑問，一句「不放心妳一個人住在荒郊野外」解釋了一切。

在最初的幾天過後，天青開始忙碌起來，風暮音也知道他其實有很多事要忙，也就不去打擾。這時，她才終於想起自己很久沒去學校了。

對於重新上學，天青倒沒有反對，只是不能接受她自行搭公車上下課。

等到今天一早走出大門，風暮音終於明白了「反正差不多，比較安全些」的意思就是誇張到令人難以接受的華麗車隊。經過她一再堅持，天青雖然做出了退讓，最後還是出動了三輛車和一群面無表情的黑西裝保鏢。

風暮音頭痛之極，甚至開始覺得重回學校是個糟糕透頂的主意了。

更別提那些穿黑西裝的傢伙了！在她下車時，他們還裡三層外三層地擺開陣勢，對每一個經過的人投以恐嚇的目光。

在她看來，這些人大概是電影看太多，腦袋壞掉了。

「暮音小姐，請慢走！」身後傳來整齊劃一的聲音。

風暮音終於沒能忍住，拔腿狂奔起來。她向來不在意別人的目光和想法，但是……這種情況好像有點超出了她的接受範圍。

不論她走到哪裡，一個又一個的女生陸續跑到她面前，在看了她半天之後又一言不發地黯然走開。在她終於不勝其擾、開口問及原因時，被問的女生丟下了一句「妳留長頭髮也很好看」就哭著跑走了。

就算是在教室裡，還是會被數不清的詭異目光來回打量，風暮音自認堅韌的耐心還沒堅持到中午，就徹底耗盡了。

「班長。」她叫過班長，還算客氣地說：「能不能麻煩你，去請外面的那些人離開。」

「這個……現在是下課時間……」班長很為難地看著她：「妳自己去請他們走吧，這樣其他同學也很困擾。」

「他們到底在看什麼？」她不耐煩地把矮了自己半個頭的班長拖到面前，用不怎麼溫和的聲音說：「我記得這裡是教室，不是動物園吧！」

也許是她的動作太粗暴了，趴在窗上門上的那些人同時發出了抽氣聲。

「那個……風、風暮音同學。」班長突然結巴起來：「我覺得、覺得妳應該把、把隱形眼鏡拿、拿掉。」

「為什麼……」風暮音一怔，「什麼隱形眼鏡？我的眼睛怎麼了？」

為了掩飾那雙紫色的眼睛，她都特意帶了黑色的隱形眼鏡，不應該有什麼問題啊！

「沒、沒有什麼啊！」班長好像有點熱，臉都紅了：「妳沒有戴隱形眼鏡嗎？妳的眼睛看起來……有點奇怪。」

「奇怪？有什麼奇怪的？」風暮音一眼掃過窗外的男男女女，想不出問題在哪。

「看起來有點像……發著光。」

「你瘋了吧！」風暮音對這種荒謬的說法嗤之以鼻，說她眼睛顏色奇怪也許還有點依據，發光什麼的完全是無稽之談。

「是真的！」班長激動起來：「不信妳問大家。」

不知道什麼時候開始，教室內外靜了下來，風暮音視線所及之處，大家都朝她點頭。

「那我一定是生病了。」她的臉色有點難看：「我覺得不舒服，下節課想請假。」

十分鐘後，風暮音坐在圖書館後面的窗臺上，對著一面鏡子發呆。

她已經用不同角度仔細觀察了自己的眼睛，還是看不出哪裡有發光的跡象啊！

果然，在這種到處都是普通人的地方，自己還是會顯得格格不入吧……

風暮音轉頭看著樓下來來往往的人們，忍不住嘆了口氣。

不久之前，她還和這些人一樣，過著單純的生活。不知道從何時開始，和大家之間的距離變得如此遙遠。就算她再怎麼想恢復過去的生活，恐怕也只是白費力氣。

如果她只是個普通人該有多好，就像那個淺色頭髮的女孩子一樣，自由地走在冬日的陽光裡，隨意地和朋友說說笑笑，不用擔心眼睛的顏色，不用去想明天會發生什麼事。

聽起來很荒唐，不過風暮音心裡真的有一瞬間，願意和她交換身分……

也許是她的目光太過專注，那個淺色頭髮的女生突然停了下來，轉身朝她這裡看了過來，兩人的目光在半空中撞個正著。

令風暮音吃驚的是那雙眼睛，就像水晶或寶石折射出的光彩一樣閃耀動人。

那些視力有問題的傢伙真該看看這雙眼，他們才會知道什麼叫做「發著光」。

不過，這雙眼睛好像在哪裡……等風暮音回過神，想仔細看看對方的樣子，那個白色的身影卻不見了。

直到上課前一分鐘，風暮音才慢吞吞地進了教室。

她走回座位上趴著，腦中滿是那雙驚鴻一瞥的眼睛，絲毫沒有注意到教室裡的騷動。

「妳就坐到風暮音同學旁邊好了，就是那個位子上。」聽到自己的名字，風暮音清醒了一瞬。等發現和自己無關，她繼續心安理得地趴在桌上，但是漸漸地，她似乎聞到了一股香味……好像是某種花香。

她微側過臉，想分辨出是什麼花的味道，疑惑著自己怎麼今天對些陌生的東西都會有種奇怪的熟悉感。這種淡淡的花香，還有剛才那個穿白色長裙的女生，那雙眼睛……才想到這裡，風暮音眼角的陽光就被一道影子遮住了。

好像有人坐了她身邊空著的位子。

迎著陽光，風暮音沒能立刻看清她的樣子，倒是一下子認出了那雙眼睛。就算在黑暗中也閃閃發光的……風暮音慢慢從桌上抬起頭，看著身邊穿著白色裙子的女生。

「妳好，我是新來的轉學生。」對方彎起嘴角，率先對風暮音伸出了手：「我叫晨輝，金晨輝。」

風暮音低頭看了看她的手，機械式地點了點頭。

「請問，妳是……」金晨輝一點也不在意風暮音的冷淡，落落大方地收回手，用著好奇的目光看她。

風暮音的眼睛終於適應了光線，也看清了金晨輝的臉。

皮膚比別人略白一些，就像上好的瓷器一樣泛著溫潤動人的光澤；接近茶色的頭髮柔順地覆蓋在雪白的額頭上，像是金色碎光在舞動；那雙眼睛也是淺淺的茶色，透明清澈得像一面鏡子。

和名字一樣，這是一個耀眼的人，和她截然相反……

「風暮音。」她不是很熱烈地回應。

「我……是不是在哪裡見過妳？」

風暮音正準備趴回桌上，聽到對方這麼說，感覺有點意外。

「對不起。」看到她挑起眉毛，金晨輝有些侷促地道歉：「剛才在外面看到妳的時候，我就覺得妳有點眼熟，才會這麼問的。」

「不。」風暮音慢慢地搖了搖頭：「我不認識妳，我們以前也沒有見過面。」

「是嗎？」金晨輝的笑容帶著一種淡淡暖意：「很抱歉。」

風暮音又搖頭，表示自己並不介意。嘴上說不認識，但其實自己同樣感覺到了熟悉，不知道金晨輝是不是也和自己一樣……雖然算不上是多好的感覺。

是的，和金晨輝第一次見面時，風暮音對她懷著莫名的敵意。

放學時，想從側門或用其他方式溜走的念頭一直在風暮音心裡徘徊。

但是她也知道天青那麼安排，完全是出於對她的關心。

對比他們之前經歷的種種，現在的情況至多只能稱為暴風雨前的平靜罷了。雖然他們都很清楚，要是真有突發狀況，恐怕任何安排都派不上用處。但天青需要一種安全感，希望她能被保護在自己的羽翼之下，所以至少在這段時間，她只能盡量不成為天青的煩惱。

所以，她還是在下課時準時到達了學校門口。

「天青？」說實話，看到天青站在那裡等著自己時，風暮音還是愣了一下。

馬路對面，穿著黑色大衣、戴著墨鏡的天青被一群女孩圍著，那些女孩不停地和他搭話，他則保持著一抹禮貌的微笑。在看到了風暮音後，他立刻低下頭和那些女孩們說了些什麼，那些女孩回頭看了她一下後，垂頭喪氣地散開了。

「暮音。」天青走了過來，主動地接過了她的背包。

「你怎麼會來？」這個幾乎忙到二十四小時不見蹤影的人，怎麼會有時間來接她下課？「那些人呢？」

「妳不喜歡那麼多人跟進跟出，就只能讓最厲害的人親自出馬了。」

「我看你最不要臉才是真的。」風暮音挽住了他的手臂：「你的公事都忙完了？」

「不能告訴別人喔！」天青在她耳邊低聲地說：「我是偷溜出來的。」

「偷溜出來的？就是說沒有專車接送囉？」她故意裝出擔心的樣子：「那我們要怎麼回去？」

「搭公車啊。」天青翻出了她的錢包，拿在手上拋來拋去：「不過在那之前，先請我吃晚餐吧！」

「喂！你真是——」

「風暮音！」聽到有人在背後喊她的名字，風暮音和天青停下了笑鬧，一起轉過身。

「是妳？」風暮音有些驚訝地看著那個白色身影。

「妳的筆忘在桌上了。」金晨輝在他們面前停了下來。

「謝謝。」風暮音接過筆。

「這位是……」金晨輝呆呆地看著天青。

「妳好，我是蘭斯洛·赫敏特。」天青對金晨輝笑了笑：「妳是暮音的同學嗎？」

風暮音目光掃過兩人，微微地皺起了眉。

「是的。」金晨輝眨眼就恢復了常態，好像剛才的呆滯只是錯覺：「我叫金晨輝。」

Lies and Love
【第六章】

金晨輝朝他們揮了揮手，接著轉身離開。

直到看不見那個白色的窈窕背影，天青的目光還是沒收回來。

「看夠了沒有？」風暮音抓住他繫在一側的長髮：「眼睛都要掉出來了！」

「暮音。」天青反手抓住她。

「怎麼了？」他的眼神很認真，認真得令風暮音有些驚訝：「出什麼事了？」

「沒什麼。」天青察覺到了她的緊張，馬上鬆開了她的手：「妳有沒有覺得她……」

「很奇怪是吧？」風暮音抿了抿嘴唇：「不過世上奇怪的人本來就很多。」

「但是……」天青若有所思地側過頭，看著金晨輝離開的方向。

風暮音低下了頭，繼續往前走：「但她看起來不像是有什麼惡意的人。」

「的確。」天青微笑著道：「不論外表或內在，似乎都是令人樂於親近的類型。」

「是嗎？」

「暮音，妳不開心。」天青突然停下了腳步：「為什麼？」

「沒有啊。」她抬起頭，在天青的墨鏡上看到了自己的臉：「天青，我有點累了，我們回家吧！」

「……好，我們回家。」天青並未再追問，只是更加用力牽緊了她的手。

風暮音一直在反省，她今天好像有點過分了。

天青特意放下工作出來接她，她卻對天青冷言冷語。看天青一路上都沒說話，樣子也很奇怪，一定是不開心了。

還是去和他道歉好了。

「天青。」風暮音推開了天青書房的大門：「我想……」

書房裡的燈光有些昏暗，天青站在窗前，從窗外吹進來的風，把他的頭髮吹得有些凌亂。

「天青，你的頭髮……」風暮音錯愕地看著他。

「剪了。」天青朝她走了過來。

「剪了？」她看著天青，怔怔地重複著。

「是啊，那麼長的頭髮不太方便行動，我覺得還是短髮好一點。」天青用手撥了撥層次很好的短髮，朝她笑著：「一個男人留那麼長的頭髮，妳也覺得看了很彆扭吧！」

「頭髮……」

「我留了一些。」天青看了她一眼，從抽屜裡取出了一束用銀色帶子綁著的黑髮，遞到她面前。

風暮音接了過來，呆呆地看著，然後緊緊地握在手心，貼近了胸口。因為太過用力，連手也在微微顫抖……

天青看著她，眼神裡有種諱莫如深、無法解讀的情緒。

風暮音抬起頭，神情充滿了疑惑，似乎在質問他為什麼要這麼做。

「怎麼了？妳比較喜歡我長髮的樣子嗎？」天青笑了笑，伸手將她摟進懷裡：「放心，很快就可以長長的。」

「不用了，不要特意留長了。」風暮音的喉嚨很乾澀，聲音也很沙啞：「剪了……就剪了吧。」

也算不了什麼，只是剪短了頭髮，天青還是天青，不可能因為這些頭髮，產生任何改變……風暮音不斷地在心裡告訴自己。

「嗚……」

劇烈的疼痛猛地從背部爆發，她環抱著身體蹲了下去。

「暮音，妳怎麼了？」天青吃驚地過來扶她。

「天青……」風暮音倒在他的懷裡：「我的背……很痛……」

「怎麼會這樣？」天青打橫抱起了她，臉色比她還難看：「不是已經……」

劇烈的疼痛讓風暮音的視線都開始渙散，她什麼都看不清，只知道手心裡躺著一束冰冷的髮絲，那是她唯一能抓住的……

「不要怕，暮音。」她耳邊隱約傳來說話聲：「很快就會好的，我這就帶妳去找……」

他要帶自己去找誰？

風暮音聽不清，她只是覺得好痛，背好像痛得快裂開了……

風暮音昏昏沉沉的，隱約聽到有人在說話。

「我想我警告過你。」這是一個聽到過卻不熟悉的聲音：「這對你們來說都不好。」

「不行。」這個聲音……是天青：「其他沒有問題，但是這點我做不到。」

「你明知道這樣下去不是辦法。」

「別的事情你不用管了，我自有分寸。」天青好像很不開心：「麻煩你照顧她一下。」

接著，風暮音就聽到了關門的聲音。

「現在的小孩子真是任性呢！」那個有點熟悉的聲音說：「妳說是嗎？暮音小姐。」

在昏沉中掙扎的風暮音，突然醒了過來。她睜開眼睛時，看到一片刺眼的雪白，讓她不得不瞇起眼，待適應後才重新睜眼。

「覺得好一點了嗎？」那個人全身上下充滿了陽光一樣柔和安定的氣息。

「你是……」風暮音有一瞬的恍惚：「M醫生？」

「是我，好久不見了。」M醫生還是和記憶中一樣，有著讓人樂於親近的感覺：「不過如果每次見到妳，都必須是在妳傷痕累累的時候，我們還不如不要見面。」

「你——」直覺告訴風暮音，面前的這個人，好像不只是單純的醫生……

「人類真是一種很有趣的生命，身體如此脆弱，卻擁有強大的意志。」他走上前，烏黑慵懶的眼裡帶著笑意：「有時候我真想知道，人的極限到底在哪裡。」

「你在說什麼？」風暮音疑惑地看著他：「天……天青呢？」

「赫敏特先生好像有些急事要處理。」M醫生伸手摸了摸她的額頭：「好了，妳也沒事了。還好妳是個堅強的孩子，算是熬過來了。」

他的手好冷，冷得風暮音打了個寒顫。

「我到底是怎麼了？」風暮音往後退了一些，讓額頭離開了他冰冷的手心。

「那就要問妳自己了，到底是什麼事讓妳的情緒失控呢？」他把手收了回去：「妳要知道，一旦情緒不穩，失控的力量很容易對自己的身體造成傷害。」

「只是一些小事，我不想提。」風暮音忽略閃過腦海的那束頭髮，認真地看著M醫生：「不過說起來，就像你不是個普通的醫生一樣，我身邊的每一個人都有他們自己的目的和打算，只有我像個傻瓜一樣什麼都不知道，我非常不喜歡這種感覺！」

「也許我有一點點的特別，但是對大多數人和妳來說，我只是個醫生。」明媚的陽光照射在M醫生的外衣上，泛出朦朧光暈：「首先，妳是對自己產生了懷疑，才沒有辦法信任別人。」

「有人告訴我，沒有什麼人值得相信，唯一可以信任的，只有自己。」

「但妳是因為相信這個人，才相信這句話的，不是嗎？」M醫生側過頭，弧度優美的嘴唇綻開笑容：「暮音小姐，我們不能因為害怕受傷，就拒絕任何嘗試的可能。」

「你覺得我可以試著去相信別人嗎？」

「妳已經開始嘗試了，才會覺得這麼彷徨。」M醫生笑著說：「這是個好的開始，人類是無法忍受寂寞、也無法獨自生存的。」

人……是無法忍受寂寞和獨自生存的嗎？

風暮音背靠著書架發呆，然後舉起手算了起來。

如果仔細計算，那麼風雪、爸爸，還有天青……這三個人，自己是信任他們的。其他人，好像還是不怎麼可信……

如果說每個人身上的氣息都可以用顏色來形容，那麼金晨輝全身就散發著一種淡淡的金色光芒，就像陽光一樣溫暖柔和。

風暮音不討厭陽光，但是……

「金晨輝。」她總是這個樣子，讓風暮音心裡覺得很困擾：「請問，妳是不是有事找我？」

「妳好像不喜歡我？」書架上的書立刻被拿空了一塊，金晨輝從後面探出頭，看起來有點失望。

「沒有。」難道是自己表現得還不夠明顯？為什麼她的語氣是不確定？「不過……能不能告訴我，妳為什麼總是跟著我？」

「我能不能和妳做朋友？」

「為什麼？」這話聽起來很陌生，也很怪異……自從幼稚園以後，就沒有人對自己說過這麼奇怪的話了。

「因為我好像很喜歡妳。」金晨輝有點不好意思地看著她：「妳讓我感覺很親切，所以我想和妳做朋友。」

風暮音花了點時間才完全理解這句話，但她懷疑自己聽錯了。是說到了「親切」兩個字嗎？這些年來，說她冷淡的也有，說孤僻的也有，但是「親切」的，金晨輝倒是第一個。

不擅長處理這種情況的風暮音隨意點頭：「謝謝妳的誇獎。」

「那麼，妳就是同意了？」金晨輝伸趴在書架上，大大地鬆了口氣：「我很擔心會被妳看成怪人呢！」

風暮音動了動嘴唇，最終還是沒有說出自己的真實感受。

事實上，她真的覺得金晨輝很奇怪。看她說話輕聲細語，總是笑臉迎人的樣子，光看外表和人前表現，誰都會覺得是一個端莊得體、出身良好的名門淑女。但風暮音越是看她，越是體會到什麼叫不能以貌取人……

「金晨輝。」風暮音疑惑地抬起頭問：「妳為什麼要爬得那麼高？」

「因為從這個角度看，妳還是很帥啊！」她一臉高興地對風暮音說：「我上次在樓下看到妳的時候，還以為妳是男生呢！」

那也不用爬到書架上看吧！雖然書架很高很穩，但是……

「書架已經很舊了，而且也不是固定在地面上的。」風暮音善意地提醒她：「如果妳不小心……」

話還沒有說完，一聲巨響，整排書架就朝她坐著的方向倒了過來。

滿室灰塵消散後……

「對不起！」金晨輝小聲地說：「我總是闖禍……」

「我看出來了。」風暮音面無表情地看著她。

「我已經很注意了，可是不知道為什麼總會做錯事。」金晨輝的臉上滿是無奈：「我也想機靈一點的，但就是做不好。」

「我不想打斷妳。」知道她不是故意的，但風暮音覺得自己更無辜：「如果妳要說很久的話，我希望妳先從書架上下來。」

因為兩面書架的距離很近，所以書架並沒有倒在風暮音身上，但被那些厚厚的精裝書砸到然後活埋，她實在很難保持愉快心情。

「對不起！」金晨輝遲鈍地察覺到了她的情況，手忙腳亂地想要離開書架。

「喂！」風暮音的臉色都變了：「我是叫妳……」

眼前一黑，耳邊傳來一聲接著一聲的轟然巨響。

「我是叫妳從書架上爬下去，不是往上爬！」等終於安靜後，風暮音透過眼前細小的縫隙，把剛才沒說完的話補完。

沾著雙氧水的棉花近乎粗魯地壓到風暮音的傷口上，痛得她抽搐了一下。

「啊！」金晨輝嚇得丟掉了凶器：「對不起……」

「妳快點。」風暮音看著一片狼藉的地面：「妳忘了要收拾好之後才能回家嗎？」

「可是妳流血了……」金晨輝抬頭看風暮音一眼，一副被欺負的樣子：「妳臉色這麼難看，真的沒事嗎？」

「我沒什麼事。」這完全是拜她所賜：「這種傷口隨便拿個繃帶貼一下就好了，為什麼要這麼麻煩？」

「不行！」金晨輝搖頭，重新開始清理傷口：「一定要好好處理，不然很容易引起細菌感染！」

風暮音轉過頭，忍住了翻白眼的衝動。

「妳……真是勇敢。」金晨輝一邊幫她包紮，一邊說了句極其無聊的話：「要是我一定會喊痛的！」

「這和勇敢無關，我只是懶得說。」今天運氣實在太差，被災星剋到了：「妳剛才擦傷口的時候，我的確很痛。」

「妳人真好。」金晨輝開始用一種複雜的目光盯著她看：「我希望自己能和妳一樣。」

「和我一樣？」風暮音笑了出來：「那有什麼好的？」

「有啊……」金晨輝眼睛都不眨一下地看著她：「妳和每一個人都不一樣，真的與眾不同……」

「妳在胡說些什麼？」風暮音把手舉高：「還有，雖然我不會包紮，但是妳是不是包得太誇張了？」

只是劃破手背，為什麼自己的手會被包成豬腳的形狀？

「啊？」金晨輝手裡還拿著一卷新的紗布：「我還沒包好呢！」

風暮音已經完全確定了，金晨輝就是個虛有其表的笨蛋。

當風暮音把最後一本書放回到書架上的時候，已經快傍晚時分了。

「咦？妳手上這是什麼？」不知從哪裡冒出來的金晨輝一把抓住她的左手。

「妳那邊收拾好了嗎？」風暮音一用力，從金晨輝手心裡掙脫了：「收拾好了就各自回家吧。」

「是朵花！」金晨輝的眼睛裡發著光：「我看到了！」

風暮音懶得理她，逕自拿了背包想往外走。

「給我看一下嘛！」金晨輝拉著她的外套。

「不要。」風暮音拒絕了她，走出了圖書館的大門。

「風暮音，等我一下嘛！」金晨輝跟在她後面邊跑邊喊。

風暮音拉下臉，加快了腳步。

「等一下啦！」金晨輝喘著氣喊：「走慢一點嘛！」

一路上都是三三兩兩的學生，兩人的樣子引起了周圍的注意。

「妳夠了沒有！」風暮音停下來，轉身想要罵她，沒想到迎面而來的是一個硬邦邦的腦袋。

金晨輝低著頭用力衝上前，風暮音的鼻子當場就遭了殃。她捂著自己的鼻梁，痛得把眉毛都擰成了結。

這傢伙是個災星！

「別跟著我！」風暮音用發狠的目光瞪著她。

金晨輝好像被嚇到了，眼睛轉啊轉的，不敢再吭聲。

風暮音回頭看了兩三次，確定她站在原地沒動，才放下心大步往門口走去。

「暮音小姐。」保鏢已經在門口等著了。

風暮音朝他點了點頭，正要走進車子時，低頭看到自己衣領上好像有一個閃閃發光的東西。

她拿下來一看，是個鑲著寶石的髮夾，應該是金晨輝撞過來的時候，不小心勾到她衣服上的。

風暮音正要甩手扔了，但是轉眼看到那髮夾上的寶石，最後還是改變了主意。

這東西好像價值不菲，要是對金晨輝很重要的話，隨手扔了好像有點過分。

「麻煩你在這裡等一下。」她把背包丟到車裡，對保鏢說：「我有東西忘了。」

跑回剛才分開的地方，風暮音沒能找到金晨輝，她拿起髮夾看了看，然後放進口袋，決定等明天見面再說。

她轉身走了沒兩步，就好像聽見了什麼聲音。

「哎呀！不要打我的臉啦！」

聲音好耳熟。

風暮音循著聲音傳來的方向找去，轉過一個彎，就看到大樓的死角裡堵著一群女生。

「妳們在幹什麼？」她透過包圍，看到了裡面縮成一團的受害者。

結果呼啦一下，還沒等她反應過來，人已經跑了個精光。

「都說不要打臉了！」受害者咿咿嗚嗚地說，邊抬起了頭。

看到那張好像被一群貓襲擊過的臉，風暮音是嚇了一跳，畢竟這還是她第一次和傳說中校園暴力的受害者這麼近距離地接觸。

「金晨輝，妳是怎麼了？」她沒想到才幾分鐘的功夫，這傢伙就變得面目全非了。

「嗨！」金晨輝一笑扯動了嘴邊的傷口，痛得齜牙咧嘴的。

「妳到底幹了什麼事？」風暮音沒有同情她，因為她的破壞力值得被這樣對待。

「還不是因為妳。」金晨輝好像想站起來，但是臉上露出了非常痛苦的表情。

「妳沒事吧？」風暮音走過去，伸手把她從地上拉起。

「腳麻了……」她雙手抓住風暮音的衣服，一臉要哭的表情。

「她們到底為什麼打妳？」風暮音知道她喜歡胡說八道：「妳怎麼剛轉來就得罪那麼多人了？」

在金晨輝的強烈要求下，風暮音扶著她慢慢地往大馬路走去。金晨輝走起路來一拐一拐的，滿臉抓痕，加上不停的哀號，不知道的人還以為她受了重傷。

「才不是！」金晨輝痛呼了好幾聲，死命拖住風暮音。

風暮音只能停下來等她，她含淚看著風暮音說：「她們要我離妳遠一點，還罵我是狐狸精。」

「為什麼？」風暮音怔了一下，雖然說她也希望這個災星離自己遠一點，但是還沒有激烈到想打她一頓的程度。再說，這種事和狐狸精有什麼關係？

「因為妳太受歡迎了。」金晨輝掛在她肩膀上，用力地嘆氣：「要是我像妳這麼帥多好，好想受歡迎啊！」

「妳的腳還在麻嗎？」雖然她看起來的確很可憐，但風暮音還是沒有辦法同情她：「不麻的話就自己站好。」

「風暮音。」她拉著風暮音不放：「我是因為妳受傷的，難道妳真的要見死不救嗎？」

風暮音看著她可憐兮兮的樣子，最終還是沒能硬下心腸拒絕。

「再見！」風暮音把金晨輝扶到學校門口以後，禮貌地和她道別後，彎腰坐進了車裡。才剛坐好，就有個什麼東西跟著她擠了進來。保鏢坐在前座，沒有立刻發動車子，似乎在等待她的反應。

「金晨輝，妳要幹什麼？」風暮音看著她，隱約有種不祥的預感。

「我能不能去妳家啊？」她果然提出了一個極其過分的要求：「我不能回家，請收留我一下吧！」

「不行！」風暮音沒好氣地拒絕了她：「下車！」

「妳總要問一下再拒絕我吧！」金晨輝眨著眼，企圖博取同情：「我是有原因的……」

「不論什麼原因，都不行！」

「問一下好不好？」金晨輝耷拉著腦袋，在她身邊蹭啊蹭的：「問我為什麼不想回家嘛！」

「妳為什麼不回自己家去？」風暮音挪到離她遠些的位置：「說完了理由就快下車。」

「都是因為妳啊。」金晨輝指著自己的臉：「我這樣子回去，會引起多大的恐慌啊！」

「才不關我的事。」風暮音皺了下眉，違背良心地說：「也不是很嚴重。」

「是不嚴重，但是我不想讓家裡人為我擔心。」金晨輝嘆了口氣：「妳知道，家人很容易大驚小怪。」

「嗯嗯。」風暮音點點頭，同意她的觀點。

「他們對我這麼好，我讓他們緊張就太過分了，對不對？」

「對。」風暮音順著話答了。

「暮音，妳答應了！」她用閃閃發光的眼睛看著風暮音：「妳真是好人，我就知道妳會答應的！」

「什麼？」風暮音還不知道自己到底同意什麼了。

「司機大哥。」金晨輝趴到前座的椅背，對保鏢說：「請開車吧！」

保鏢在倒後鏡裡看了風暮音一眼，直到看見她微微點頭才發動了車子。

她不是心軟，只是金晨輝的眼睛裡剛才閃過了一絲……風暮音不確定那是不是……還有，金晨輝說那句話時的表情……

算了，就當是日行一善吧！

「啊！」金晨輝抱著包站在大門前，頭呈九十度向上仰望：「妳居然住在這裡啊！」

「還不走？」風暮音對她說：「那就不要進去了。」

「等一下！」她匆匆忙忙跟在風暮音後面走進大門：「這棟大樓都是妳家的嗎？妳好有錢啊！」

「我沒錢。」風暮音往電梯走去，金晨輝跟著小跑，整個大廳裡靜悄悄的，只有她們兩個人走路和說話的聲音：「這是別人的，我也只是暫時借住。」

「真的？」金晨輝突然停下了：「對不起……」

「嗯？」風暮音已經走到電梯邊，回頭看到她像個傻瓜一樣低著頭站在那裡：「妳幹嘛？」

「我不知道妳也是住在別人家裡。」她用力地朝風暮音鞠躬：「對不起，是我太任性，給妳帶來麻煩了！」

「沒事。」太任性？好耳熟的話！風暮音忍不住笑了笑：「要是我覺得麻煩，一早就把妳踢下車了。」

「真的嗎？」金晨輝臉上的表情，讓風暮音想起了以前在寵物店見過的黃金鼠。電梯來了，她先走了進去，然後按著開門鍵問：「要不要進來？」

「那個……」電梯裡，金晨輝低著頭小聲地說了一句：「妳是個很溫柔的人呢！」

風暮音全身的汗毛都豎了起來，差點改變主意，把她從電梯裡踢出去。

「哇！哇！哇！」

「妳夠了沒？」風暮音都不知道她到底是來幹什麼的了。

「哇——！」金晨輝繼續對著牆壁發出誇張的驚呼聲。

「妳到底在喊什麼？」風暮音不懂這面牆怎麼能讓對方喊了十分鐘不止。

「這是畢卡索的畫啊！」金晨輝指著掛在牆上的裝飾畫說。

「是嗎？」雖然風暮音不怎麼懂得鑑賞藝術品，但是基本常識還是有的：「那很名貴吧！」

「無價之寶啊！居然把它掛在這裡？」金晨輝一臉不敢置信地說：「簡直就是——」

「就是給人看的。」

她們轉過頭，看到了站在那裡的天青。

「天青，她想在這裡借住一晚。」原則上，風暮音還是徵求了一下主人的意見：「可以嗎？」

「當然沒問題了。」天青笑容可掬地說：「歡迎妳，金小姐。」

「喊我晨輝就可以了。」金晨輝眨了眨眼睛：「原來這裡是你家啊！」

「基本上，這裡是我和暮音的家。」天青走了過來：「請不用客氣。」

「啊！」金晨輝用「原來是這樣」的表情點頭：「這樣啊。」

「給我把那些亂七八糟的念頭忘掉！」風暮音敢保證，這傢伙腦袋裡想的肯定和事實不符。

「要是有什麼需要，直接叫葛萊去辦就好了。」天青走到她們身邊：「我還有事——」

「不用管我們了。」風暮音打斷了他：「去忙你的事吧！」

天青看了她一眼，也沒再說什麼，直接進了電梯。風暮音看著那雙綠色的眼睛，直到電梯門完全關上……

「真危險！」

「什麼？」風暮音回頭看向那只幾乎蹲在地上的黃金鼠。

「這麼有錢又年輕英俊的男人，已經是稀有品種了。」金晨輝也抬頭看她：「按照統計，這種男人婚後紅杏出牆的機率是百分之百。」

「誰統計的？」風暮音問。

「妳都不看愛情小說的嗎？」她用憐憫的目光看著風暮音：「他可是女性們夢想中的對象呢！一個不小心，就會被人搶走的！」

「包括妳嗎？」風暮音挑起眉毛問她。

「當然不是，我有喜歡的人了。」金晨輝想了想：「也許沒他有錢，可是帥很多。」

「金晨輝，也許我不該問。」但她的表情實在很奇怪，風暮音忍不住想要知道：「妳趴在地上幹嘛？」

「手工羊毛地毯！」金晨輝盯著地毯流口水：「我也想要一塊！」

【第七章】
Lies and Love

「請進。」風暮音看著房門，很驚訝這個時間會有誰來找自己。

「嗨！」房門被打開，一顆黃金鼠腦袋探了進來：「我沒打擾到妳吧？」

「有。」差點忘了有個不是很熟的同學來借住了。

「那我就徹底地打擾一下吧！」金晨輝朝她鞠躬後，堂而皇之地進來了。

「這麼晚了，妳有事嗎？」風暮音慶幸自己還沒把隱形眼鏡取下來。

金晨輝真的很麻煩，麻煩到讓她開始後悔這「日行一善」了……

「哇！妳的房間好漂亮！」金晨輝躡手躡腳地走向她：「看起來很有品味耶！」

「太誇張了。」天青知道她討厭繁瑣的東西，所以房間裡的布置和擺設都很簡單：「妳找我有事？」

「妳在忙什麼啊？」金晨輝晃到她身邊。

「學習。」很久沒去學校，課程進度慢了不少：「沒事妳就去睡覺吧！」

「那妳忙妳的，我隨便看看就好！」看到風暮音好像有些不滿，金晨輝立刻補充：「我認床睡不著嘛！最多我保證不打擾妳，一會就去睡覺。」

風暮音看她在那裡晃來晃去，也沒辦法專心讀書，只好拿了本雜誌趴在床上看，漸漸把注意力放回書本上。

「啊！有隻兔子！」金晨輝忽然大叫出聲。

風暮音轉過頭，見金晨輝不知什麼時候從床底下拖出了裝舊物的箱子，手裡正拿著她小時候的舊玩具。

「啊！」金晨輝又叫了一聲：「怎麼會這樣？」

那是一隻毛茸茸的白色兔子，本來應該很可愛的，如果它有眼睛的話……原本應該縫著眼睛的地方，往裡凹了進去，眼睛明顯不見了。

「我小時候也有一隻一模一樣的兔子喔！」金晨輝嘟著嘴說：「現在都不知道扔哪裡去了……」

「把它放好！」風暮音移開目光，忍住胃裡的不適對她說：「又舊又髒的，妳別去動它。」

「好殘忍啊！」金晨輝好像聽不懂她說的話，拎著兔子朝她走了過來：「也不知道是誰弄的……」

「我來……」

金晨輝把兔子放到風暮音面前，令她覺得手腳發涼起來。

「拿走！」風暮音大叫了一聲：「把它拿走！」

金晨輝顯然被嚇到了，拿著兔子怔在了那裡。

「對不起。」風暮音捂住嘴深深地吸了口氣，想讓自己冷靜下來：「只是它讓我想到了一些不好的事，麻煩妳把它放回去好嗎？」

沒想到金晨輝聽完之後非但不動，甚至想把那隻兔子放到她手裡。

「妳想幹嘛？」她瞪著金晨輝，把手放到背後。

「有人跟我說過，世界上沒有恐懼這種東西，所有的恐懼只是來自我們的內心。」金晨輝把兔子放到書桌上面對著她：「當妳勇敢直視它的時候，妳會發現自己一直害怕著的東西並不是真的那麼可怕。」

風暮音看著她，把目光移回到兔子身上……

「無聊！」風暮音盯著看了一會，然後拎著那對長耳朵，把兔子扔給了金晨輝：「誰說我害怕了？我只是想起了不好的回憶而已。」

不過就是掉了眼睛的舊玩具，有什麼好怕的！只是不知道為什麼，這玩具總是讓她渾身不自在，所以才不想看到。

「是啊！」金晨輝接過了那隻兔子：「好可憐的小兔子……我們來救你一下吧！」接著衝出了房間。

風暮音還以為終於告一段落了，沒想到雜誌才翻了一頁，那衝出去的瘋傢伙就又衝了進來，更過分的是這次連敲門都省了。

「妳看！」她舉著那隻兔子，獻寶一樣給風暮音看：「小兔子復活了！」

金晨輝不知道從哪裡找來了兩顆黑色的圓形釦子，仔細地用線縫好，看起來真像有那麼回事。

「這釦子哪裡來的？」風暮音看著覺得眼熟。

「剛好黑西裝大哥在外面守著，我請他把外套上的釦子給我了。」金晨輝不無得意地炫耀：「我很有魅力吧！」

「很好！妳的愛心令人感動。」雖然有點奇怪，至少那隻兔子看起來不恐怖了，甚至還有點搞笑：「現在可以回去睡覺了吧？」

「不要！」金晨輝把兔子摟在懷裡，眨著眼睛說：「外面天這麼黑，我和小兔子來陪妳好了！」

看著孩子氣的金晨輝，風暮音頓時恍惚了一下，好像在什麼地方聽過這樣的話……

「妳多大了？」風暮音皺著眉頭：「又不是小孩子，別說這些蠢話。」

「啊，被討厭了……」金晨輝對著兔子吐了吐舌頭：「兔兔你看，她真是一點幽默細胞都沒有呢！」

風暮音決定不理會她，試圖再次把注意力移回雜誌上。

「他是很不錯啦！」金晨輝靠在她坐著的椅子旁邊，抓著那只絨毛兔子做出各種動作：「但是感覺很難溝通。」

「誰？」她前言不搭後語，風暮音一下子沒有聽懂。

「妳的那個蘭先生啊！」

「首先，他不姓蘭，他姓赫敏特。」風暮音試圖糾正她的錯誤觀念：「還有，他不是我的。」

「我一直有個問題搞不清楚。」金晨輝一臉好奇地看著風暮音：「為什麼第一次見面他說他叫這個蘭斯洛．赫敏特，可我又聽見妳叫他天青什麼的，到底哪一個才是他的名字？」

「蘭斯洛．赫敏特是他的全名，至於天青……算是中文名字吧！」

「唔，好複雜……總之妳知道我在說誰就好。」金晨輝把兔子耳朵打了一個結：「反正就是妳喜歡的那個人，感覺很冷淡。」

「不是人人都像妳一樣『熱情洋溢』好嗎。」風暮音也不知道她聽不聽得懂自己的諷刺。

「不會啊！」金晨輝抬起頭笑著說：「因為我很喜歡暮音妳，想和妳成為很好的朋友，所以才對妳這麼熱情的。其實我平時和別人都不怎麼親近，別人都說我是冰山美人。」

冰山美人？有穿著拉拉熊睡衣的冰山美人嗎？

風暮音打量了她一番，下了結論，「那些人眼睛都瞎了吧。」

「哼，不信就算了，反正現在也不是在討論我啦！」金晨輝搖頭晃腦地說：「我們是在說妳喜歡的那個人，看起來妳和他……」

「我和他的關係，並不是妳想的那樣。」風暮音都不知道自己為什麼要和她解釋這些：「我們之間不是單純的喜歡或不喜歡就能說清楚的。」

「我不這麼覺得。」金晨輝搖著頭：「世界上的事很簡單，只是我們自己把一切複雜化了。喜歡就是喜歡，不喜歡就是不喜歡，妳的內心是什麼感覺，那就是什麼了。其他的，根本不用管！」

看她的表情，好像一切真是和她說的那樣簡單，風暮音一時之間都不知道該欣賞她的單純，還是該嘲笑她的天真。

「我知道這麼說聽起來很傻。」金晨輝擺弄著手裡的兔子：「但歸根究柢，只是因為我們害怕受傷，才會找各種藉口逃避。」

「有時候我會覺得，愛情根本不存在，只是一個虛假美麗的謊言。」風暮音遠遠地仰望窗外，看到宛如黑色絲絨的夜空上綴滿了閃閃發光的星星，似曾相識的感覺再次湧上心頭：「就算真的有，可能也像天上的流星，轉眼間就消失無蹤了。」

如果等有一天發覺了那並不是真正的愛，那麼對彼此來說，才是一件最殘忍的事。

「妳對他是這種感覺嗎？」金晨輝低著頭，不知道在想些什麼。

「我也不知道。也許因為人類真的是無法忍受寂寞，無法獨自生存的。」風暮音站起來走到窗前，滿目迷茫地望著夜空：「在某個特定的環境裡，我會覺得自己真的愛上了他。但離開了那裡後，我又會覺得只是因為那時的寂寞，讓我誤以為自己愛上了他。他好像也和我有著相同的感覺……所以維持現狀是最明智的。」

「為什麼？」儘管這些話的意思連風暮音自己也不太明白，金晨輝卻好像真的聽懂了：「為什麼要保持沉默？妳可以去問他啊！如果不問，可能真的會錯過……妳又在等什麼呢？」

「我從來沒有像喜歡他一樣喜歡過一個人，所以我會害怕。」風暮音笑了笑：「我想妳不懂。」

「這我知道。」金晨輝輕聲地說：「妳怕問出了口，不論答案是什麼，你們的關係都會徹底改變，再也無法維持現狀。」

「我以為妳沒有戀愛過。」金晨輝看起來就像個不知憂愁的精靈，風暮音很難想像和她談論這麼沉重的話題。

「我是沒有。」金晨輝閃亮的眼睛裡帶著朦朧的霧氣：「又不是沒有愛過就一定不懂，我覺得妳很幸運，至少妳煩惱的是妳愛不愛他，而不是妳能不能愛他。」

聞言，風暮音愣了一瞬後，起身將金晨輝推出了房間。

「很晚了，去睡覺吧！」

隔著門，金晨輝輕聲說了聲晚安後，便走回客房去了。

風暮音走回桌子旁，拿起了那隻可笑的鈕釦眼兔子。

真不知道自己為什麼一直怕這隻兔子卻又不扔了它，不過現在看它真的挺傻……也許金晨輝說得對，恐懼之所以成為恐懼，不過是因為自己不敢面對。

左手手腕微微發熱，風暮音抬起手看到了那個深綠色的印記。想起那時，自己幾乎全心地依賴著某人，在說愛和希望……

「老師，聽說您找我？」風暮音站在教職員室門口，不太想進去。

「風暮音，進來吧！」顯然老師不是這麼想的，他甚至親自過來迎接風暮音，還順手把教職員室的門關上了。

「有什麼事嗎？」風暮音用眼神詢問著比自己先進來的那個傢伙，後者回了她一個茫然的表情。

「這次叫妳來，實在是有一件事……」老師好像不太舒服，說話語無倫次的：「事實上，是關於金晨輝同學的。」

「我和她沒什麼關係，為什麼她的事要找我來？」風暮音已經認定，會和金晨輝扯上關係的，絕不是什麼好事。

「這個……也不能說一點關係也沒有吧！」看到金晨輝一臉黯然地把頭低了下去，老師好像變得十分緊張：「雖然說我有點跟不上潮流了，但是思想基本上還是很開明的。你們也是成年人了，我也不會反對戀愛自由……」

「請等一下！」風暮音第一時間聽出了不對勁的地方：「我能不能請問一下，老師是在說誰和誰的戀愛自由？」

「本來這種事我也不想管，但是金晨輝同學好像壓力太大，所以……」老師的表情簡直如喪考妣：「這次的測驗結果讓大家都很難過。」

風暮音越聽越糊塗了，忍不住側過頭問保持沉默的金晨輝：「金晨輝，妳到底考了幾分？」

金晨輝顫巍巍地舉起雙手，用食指做出了交叉的動作。

風暮音知道這傢伙的大腦和普通人相比，構造可能略有差異，但大致上應該還是可以溝通的，但她實在猜不出這個手勢代表了什麼……

「……她這種情況，只能算試卷作廢吧！」老師倒是心裡有數，在旁邊幫忙解釋了一下。

「妳沒去考試？不對，妳不是考了嗎？」她們的位子相鄰，風暮音記得自己當時還因為她眉飛色舞的樣子多看了幾眼。

何況話說回來，就算考得再差，也不至於要以試卷作廢處理吧？

「總之，這種事讓家裡知道了也不太好，你們家人未必像老師這麼開明的。」老師好像想到了不好的事，拿出手帕拚命擦汗：「你們也不要有負擔，我只是想找你們談談，或者我們可以找到不影響學習和感情的雙贏法。」

「雙贏？贏什麼啊？」風暮音很不耐煩地沉下了臉：「老師，我還是聽不懂妳在說什麼！」

「風暮音，妳就不要裝糊塗了，老師已經全都知道了。」一向溫吞又好說話的老師也生氣了：

「妳不覺得自己很過分嗎？不管怎麼說，愛情是無罪的，一再否認只會傷害到她。」

「過分？愛情？」風暮音突然覺得烏雲罩頂：「我和她？」

「雖說年少痴狂不知珍惜是很平常的事。」老師平時最愛看感人的愛情小說，不知不覺在心裡積壓了許多浪漫的念頭，這次終於找到了機會發揮：「可是這樣深情的女友這麼痴狂地對待妳，妳不覺得感動嗎？」

「等一下，我想問問誰是那個『深情的女友』？」風暮音順著老師的目光，用手指頭指著那個白痴：「您不會是在說她吧！」

「難道……」老師比風暮音還要吃驚：「難道妳才是她的女——」

「老師，我不是男生！」風暮音打斷了他的胡思亂想。

「真是沒想到！」老師顯然是誤會得更深了：「凡事果然不能只看表面啊！」

「請您不要再胡說八道了！」風暮音的眼角一陣抽搐：「不管她說了什麼做了什麼，都和我無關。我們除了單純的同學關係外，什麼奇怪的關係也沒有！」

「但她在考試的時候，寫了這個……」老師從桌子上拿了一張寫得密密麻麻的試卷給她。

風暮音一看之下，頓時面無人色。

「那個……」金晨輝終於小聲地說：「我是情不自禁嘛……」

「老師，這個請先給我保管。」風暮音用發抖的手拿了過來，盡力要求自己保持冷靜：「這件事還希望您幫忙保密，考試算她零分好了，退學什麼的都可以，千萬不要客氣。」

說完，風暮音對老師的反應置之不理，直接拎著那隻黃金鼠的領子出了教職員室。

「暮音，妳也太無情了！」金晨輝被她拎在手上，還在嘀咕：「雖然是事實，但是妳說和我一點關係也沒有的時候，我還是會傷心的！」

「真的嗎？」風暮音笑著說：「深情的女友，我們還是先找個地方，好好地談一談『我們的感情』吧！」

「說吧。」風暮音把金晨輝拖進一間空教室，拿出考卷放在她面前：「金晨輝小姐，能不能麻煩妳解釋一下，為什麼妳會寫出這些變態的話？」

那上面密密麻麻，大大小小的，其實就是五個字——我愛風暮音！

金晨輝突然抬起頭，對著風暮音嫣然一笑。等風暮音全身的汗毛豎直以後，她才從包裡拿出了一本白色筆記。

「這是什麼？」風暮音瞪著那本《愛的白皮書——如何讓你的愛人向你表白》：「是烹飪指南嗎？」

「錯！」金晨輝站在她的面前，用一種很偉大的表情說：「這是我特意去書店為妳買來的愛情寶典！」

「金晨輝。」風暮音瞪了她一眼：「妳沒生病吧？」

「這不重要！重要的是我們要如何抓住妳的愛情！」金晨輝的眼睛閃閃發光：「利用妳天生的魅力加上我這本愛情寶典，我們一定可以成功的！」

「妳究竟在說什麼？」風暮音不確定自己是否被驚嚇到了：「為什麼我一個字也聽不懂？」

「那天晚上以後，我好好地想過了。」金晨輝抓住了她的手，很誠懇地說：「出於女性的矜持，妳無法開口向他表達妳的心意。那麼我們就想個辦法，讓他主動對妳示愛。到時候，妳就不用這麼煩惱了！」

「誰在煩惱了？」風暮音甩開了她的手：「我看妳是腦袋進水了！」

「這麼說也太過分了，我可是很認真的！」金晨輝感覺被侮辱了，有點生氣地說：「我這幾天都睡不著在為妳打算啊！」

「等等。」風暮音抓著她的衣領揪過來問：「難道就因為這個，妳才在考卷上寫了那些鬼話？」

「嗯……主要是因為這幾天我太投入了……」金晨輝終於有了懺悔的表情：「我突然有了新點子嘛，這樣妳就不用煩惱愛或不愛了，所以我就……」

「什麼點子？」風暮音知道自己不該問的，但是……她想知道！

「他就是長得太引人注意了，妳才會這麼沒有安全感。」金晨輝笑得很邪惡：「我們去把他的臉劃花！如果妳真的愛他，這是提前減少紅杏出牆的機率。就算以後妳不愛他，甩掉也不會覺得可惜。」

風暮音只覺得頭頂飛過一群烏鴉……

星期天早晨，路過客廳時，風暮音好像看到了什麼奇怪的東西。

「嗨！」奇怪的東西主動和她打著招呼。

「嗨什麼？」風暮音眨了眨眼，覺得自己產生了幻覺：「妳怎麼會在這裡？」

「非常感謝，我會好好努力的！」金晨輝沒有立刻回答她，而是站在餐桌旁朝坐在那裡的天青鞠躬：「那我就打擾了。」

「沒關係，妳儘管住在這裡吧！」天青溫和地回以微笑：「我最近很忙，暮音總是一個人，妳能來陪她我很高興。」

「誰要住在這裡？」風暮音看到了她腳邊的箱子：「金晨輝，妳怎麼會——」

「我會努力學習的。」金晨輝從隨身的包裡拿出了一本書。

風暮音總覺得看到了……那個什麼寶典……

「請不要拘束，把這裡當成自己家就好。」

「我會的。」金晨輝點頭，很有禮貌地說：「謝謝你，赫敏特先生。」

「不用客氣。」

「請叫我晨輝——」

「先等等！」風暮音到現在還不知道出了什麼事：「金晨輝，為什麼妳要住在這裡？」

「妳忘了嗎？」金晨輝一臉詫異地走向她：「妳昨天答應老師，從今天開始幫我補習的啊！後來我說我找不到地方住，妳就熱情地邀我過來一起住，直到我找到房子為止。」

一邊說，金晨輝一邊拚命朝她眨眼，還用力晃動著手裡的那本書。

「是嗎？」風暮音慢吞吞地回答：「真奇怪，我沒什麼印象。」

如果她答應過這種事，那才叫奇怪。

「放心吧！」金晨輝抓住她的手，連著那本「寶典」一起：「我們可以做到的。」

風暮音確定她不是腦子進水，而是完全中邪了！

「能這樣真是不錯。」天青從椅子上站了起來：「暮音不太喜歡親近陌生人，沒想到她這麼快就交到了新朋友。本來我還有點擔心，但是看到晨輝小姐妳這麼樂觀開朗，我就放心了。」

「其實我是個很笨的人，多虧暮音願意幫我。」金晨輝羞澀地笑了一下：「我真的很感激她。」

風暮音從不知道她這麼會演戲……

「好了，我就不打擾小姐們了。」天青走到風暮音面前：「我還有點事……」

「再見。」風暮音對他說。

天青張了張嘴，最後只是朝她點點頭就走了出去。

「妳很冷淡呢！」樂觀開朗的金晨輝小姐吃著從桌上摸來的小點心，湊在她身邊含糊不清地說：「這樣會讓對方很尷尬，想親近又不敢親近妳。」

「對了。」

風暮音還來不及開口，身後又傳來了天青的聲音。她轉過身，而她身邊的黃金鼠也立刻套上了端莊優雅的外皮。

「有事嗎？」風暮音問著去而復返的天青。

「今天晚上有個晚會，我想請兩位小姐陪我一起參加。」天青對她露出溫柔的微笑：「我想妳可以多認識一些人，不知道……」

「太……」

「實在是太好了！」風暮音還沒來得及拒絕，某人已經搶先歡呼：「我長這麼大都沒有參加過宴會呢！」

「那就好。」天青臨走之前說：「我也很期待。」

他看起來很開心……

「好了，我們開始吧！」

「開始什麼？」風暮音回過神：「妳真的需要補習嗎？」

「別開玩笑了！」金晨輝又拿起一塊小點心塞到嘴裡：「我是說晚會的準備啊！」

「那妳為什麼要住在這裡？」

「為了『愛的表白計畫』啊！」金晨輝拿著那本書的模樣，和虔誠的教徒手拿聖經的表情非常相似。

「真的？」直覺告訴風暮音，一定有問題：「如果只是為了這個原因，我立刻找人把妳趕出去。」

「其實……」金晨輝把小點心放到嘴巴裡：「只是……我……只是沒錢……」

「沒錢？」這個理由實在是……在意料之外，又在情理之中。「沒錢妳還讀現在的學校？」

「所以才會沒錢嘛！」金晨輝拿出了餘額幾乎為零的存摺在風暮音面前搖晃：「所有積蓄都拿來繳學費了。」

「重點是，沒錢就不該讀私立學校。」

「我喜歡這所學校嘛！」金晨輝用一句話就解釋了原因：「不用穿難看的制服。」

「妳不是還有信用卡嗎？」風暮音看到她皮夾裡有好幾張金卡：「那又怎麼會被飯店趕出來？」

金晨輝大聲地嘆了口氣，索性把裝著小點心的盤子拿在手裡。

「因為是離家出走，所以不能用附卡？」在吃東西的間隙，風暮音終於清楚瞭解了她的遭遇：「妳幾天沒吃飯了？」

金晨輝一邊吃點心，一邊豎起兩根手指頭，接著就因為被噎住而用力拍打起胸口。

「上次是來觀察一下環境的吧？」風暮音倒了杯水給她：「原來妳早就準備來我這裡白吃白住了？」

「絕對不是！」金晨輝灌了一杯水下去，終於緩過氣來，「我是來暫住，順便充當一下愛的小天使。」

「妳要住在這裡可以，但是要把那本書給我扔掉，也要向我保證不做任何奇怪的事。」風暮音和她約法三章：「如果妳做不到，現在就走。」

「真的要扔掉嗎？」金晨輝看著那本書，滿臉不捨：「我覺得很有用啊！」

「那就暫時寄放在我這裡，等到妳要走的時候我再還給妳。」風暮音用力地瞪著她：「記住，不准做奇怪的事。」

【第八章】

Lies and Love

事後證明，金晨輝的腦中根本就沒有「正常」的概念。也就說，風暮音的約法三章對她來說完全不構成威脅。

「為什麼要出去？」剛說完不准做奇怪的事，她就要求風暮音和她一起出去做奇怪的事。

「準備宴會啊！」她用「你很無知」的眼神看著風暮音：「難道妳準備這樣子去參加宴會？」

風暮音看了看自己的衣服：「難道不可以？」

「這是常識的問題！」金晨輝很認真地對她說：「妳嚴重缺少這方面的常識。」

「我不喜歡那些有的沒的打扮。」風暮音明白金晨輝的意思，但是那對她來說不重要：「就這樣可以了。」

「但是對赫敏特先生來說，應該是很重要的場合吧！」金晨輝憐憫地說：「妳這樣子，只會引起恐慌。」

「為什麼？」風暮音覺得被她一說，自己真像隻怪物了：「我這樣有哪裡不好？」

「不是不好，是不合適。」金晨輝圍著她繞圈：「不行不行！絕對會引起混亂的！」

「妳到底想說什麼？」風暮音被她轉得頭暈：「不能說人話嗎？」

「蘭斯洛．赫敏特先生是要攜伴參加。」金晨輝在她面前停下來，用手搭著她肩膀認真地說：

「這個伴，是女伴的意思。」

「妳是說我不像女人？」風暮音沉下了臉。

「雖然我覺得妳穿燕尾服會更帥，但是為了顧及男士們的自尊心。」金晨輝沉重地告訴她：「我只能犧牲一下自己的福利了！」

「我們這是要去哪裡？」風暮音一把拉住金晨輝的胳膊：「妳不說清楚，我是不會再走了。」

「不用走了。」金晨輝努了努嘴：「已經到了。」

風暮音順著她的目光看去，看到了一塊搖搖欲墜的招牌。

「朱記裁縫鋪？」她回頭看著這條安靜古舊的老街：「這裡是什麼鬼地方？怎麼連半個人都沒有？」

「難道怕我把妳賣了？」金晨輝硬是把她拖進了那間黑漆漆的店：「進去啦！」

「我不擔心。不過，我們到底來這裡幹什麼？」雖然風暮音對一般女生的喜好不感興趣，但是照理來說，逛街不是應該去購物中心之類的地方嗎？

「老闆娘！」金晨輝也不理她，只顧著大聲嚷嚷：「妳在不在啊！」

「來了！」

門簾掀開後，走出一位濃妝豔抹的中年女性。說她濃妝豔抹，真的一點也沒有誇張，那張臉上好像剛刷完一層白漆，加上濃黑的眉毛和鮮紅的嘴唇，簡直是某位抽象畫家天馬行空的藝術作品……

「大小姐？」看到金晨輝，老闆娘好像很吃驚的樣子：「妳怎麼會來這裡？妳不是……」

「反正就是離家出走啦！」金晨輝隨意地揮揮手：「不說那些了，我今天可是特地來光顧的。」

風暮音正研究那位「老闆娘」與眾不同的走路姿勢，冷不防地被金晨輝從身後一推，還好她反應夠迅速，敏捷地抓住了身邊的掛簾才沒撞上那張寫著「油漆未乾」的臉。

「就是她了！」金晨輝在她背後興致勃勃地說：「今晚有一個很重要的晚會，請妳幫她打扮一下吧！」

開什麼玩笑？照面前這位的打扮，一看就知道和常人審美觀差很多。一想到自己塗著濃黑的眉毛和鮮紅的嘴唇，再刷上一層白漆的樣子，風暮音的臉都綠了。

「打扮？」老闆娘圍著風暮音轉了一圈，然後一直盯著她發綠的臉看：「這位是大小姐妳的……」

「朋友。」金晨輝立刻大聲地回答，好像在炫耀一樣：「我們是很好的朋友！」

風暮音嘴角抽搐了一下，不明白這個賴著自己白吃白住的傢伙為什麼臉皮能厚到這種程度。

「啊！」老闆娘也配合地大叫了一聲，扭曲的五官把風暮音嚇了一跳：「大小姐，妳有男朋友了嗎？」

風暮音的臉從綠色變成了黑色。

金晨輝看出了苗頭不對，立刻嚴正地指出：「老闆娘，妳近視越來越嚴重了！妳再仔細看看，暮音明明是個大美女啊！」

「女的？」老闆娘的白漆臉差點貼到風暮音臉上，因為害怕沾到，風暮音只能拚命把頭往後仰。

老闆娘看了好一會，嘖了兩聲道：「穿了衣服還真是看不出來。聽說現在流行中性打扮，以這個打扮來看，應該本身是不錯才是！」

雖然被誇獎了，但風暮音一點也不覺得高興……

「我想……」風暮音好不容易鼓足勇氣想說算了，可還沒來得及說出口，就被金晨輝大力拍在她肩上的動作打斷了。

「暮音，放心吧！」金晨輝的眼睛閃著夢幻般的光彩：「我就是妳的神仙教母，今天晚上我一定會讓妳成為最美麗的公主。」

看著好像中了邪的金晨輝，風暮音忍不住打了個寒顫，有種不祥的預感……

「我覺得這樣很奇怪！」風暮音拉了拉身上的衣服。

「別拉了！」金晨輝還在努力地催眠她：「妳簡直美若天仙！」

「這種樣子實在很蠢！」她瞪金晨輝：「還有，為什麼我的這條裙子是壞的？」

「這個不是壞！」金晨輝和她互瞪：「這是旗袍，旗袍就是這樣的！」

「那為什麼妳就能穿著完整的裙子？」

「因為妳的腿又長又漂亮，穿旗袍最適合不過了。」金晨輝的目光滑過她正努力拉扯的下襬開衩：「妳不要再拉了，拉壞就糟糕了！」

「金晨輝，妳等著！」風暮音轉過頭：「我晚點再跟妳算帳！」

叮——

電梯終於停了下來。

電梯門打開時，風暮音的心跳一下子就停了。

「千萬別緊張！」金晨輝還在她身後增加壓力：「把無關緊要的人都看成柱子就好了……啊！好多柱子啊！」

如果風暮音穿得和平常一樣，也許她不會這麼心慌。她想自己也是腦子壞了，才會任由金晨輝那個大白痴把自己打扮成這樣。

「妳也太僵硬了！」那個不識相的白痴還在不斷嘮叨：「表情要自然一點，自然妳懂不懂？妳真是笨……嗯，我是說美極了，妳這樣真是美極了！」

風暮音收回目光，把注意力放到樓梯下的那些人身上。

還有這些人，他們到底在傻看什麼？難道沒看過女人嗎？

「暮音，妳的表情太凶殘了，要溫柔一點，大家都在盯著妳看呢！」

「金晨輝，妳最好給我閉上嘴！」風暮音垂下眼睫，努力克制著想狠打這白痴一頓的念頭。

金晨輝感覺到了她身上散發出來的殺氣，識相地捂住了嘴。

風暮音深吸一口氣，終於跨出了電梯，然後沿著樓梯一級一級往下沉式的宴會大廳走去。

眾人早就停下了談話，差不多近百個人站在那裡，卻是一點聲音都沒有。

風暮音感覺到所有目光投射在自己身上，空氣中的壓力讓她想轉身逃跑。

她又深呼吸，努力挺直了脊梁，告訴自己這沒什麼好慌張的。把這些傢伙看成柱子就好！柱子，這些就是柱子，到處都是……

風暮音停在最後一級臺階上，當她看到那個穿著黑色禮服的身影正朝自己走過來時，繃緊的神經才稍稍緩和了下來。

「天青。」她揚起笑容打著招呼。

「暮音。」天青走到了她面前，目光十分複雜地看著她：「為什麼妳……」

「怎麼了？」他的眼睛裡，似乎寫著某種……某種風暮音不喜歡的東西：「我這樣子是不是很難看？我就知道這樣很蠢，我……」

「不，暮音，妳很美！」天青朝著她笑了笑：「我都看呆了！」

「是嗎？」風暮音收起了侷促，僵硬地說：「謝謝你……」

「這一位就是風小姐吧！」旁邊傳來一個宏亮的聲音：「真是像仙女一樣美麗的小姐，怪不得蘭斯洛先生會這麼迷戀！」

風暮音轉過了頭，看到有個中年男子正朝著他們走來。

「風小姐，非常榮幸見到妳。」那人伸出了手，但是目標似乎並不是她……

「對不起……」金晨輝很尷尬地解釋：「你誤會了，我不姓風，那一位才是風小姐。」

「什麼？」那個男人轉頭來看著風暮音，目光裡帶著驚訝和……

「好了！」天青突然開口，用略高的聲量說：「今天是內部聚會，大家都是相互熟悉的人，不要因為我在而讓大家拘束了，請盡情享受這美好的夜晚吧！」

天青說完後，從侍者手裡拿了兩杯香檳，遞了一杯給身邊的風暮音，然後朝著賓客們舉杯，原本冷清的氣氛立刻活躍了起來。

風暮音看著他微笑的側臉，感覺……有一點糟。

「暮音。」

風暮音用手撐著欄杆轉過身，看到了站在門邊的天青。

「妳在這裡做什麼？」天青朝她站著的地方走來。

「我第一次發現，原來這裡有這麼高。」風暮音再次向下看去：「站在這裡往下看，一切看起來都很渺小。」

「外面風很大。」天青脫下外衣披在她的肩上：「小心著涼。」

「謝謝。」感覺溫暖的氣息包圍著自己，風暮音朝他笑了笑。

「妳……為什麼對我這麼客氣？」天青的目光有些暗沉：「妳知道我願意為妳做任何事。」

「我知道。」風暮音輕輕地點了點頭：「對不起，我只是從來沒有參加過這麼正式的宴會，有點拘束和不習慣而已。」

「真的嗎？」

「真的。」如果忽略了那些不友善的目光和竊竊私語，她想自己真的只是有一點點緊張。

「我想是我沒有考慮周全。」天青握住了她的手：「如果妳覺得不自在，我很……」

「不會啊，我覺得很高興……」風暮音看向大廳，裡面的人似乎都對他們談話內容很感興趣，一雙雙眼時不時往這裡窺視著：「我也是第一次知道，你穿晚禮服這麼好看！」

天青很出眾，被那些人圍繞著的他，就像是另一個世界的人，那是她所陌生的……不同的世界。

「妳今晚也很美！」天青朝她溫柔地笑著：「能讓任何男人為之傾倒。」

「謝謝誇獎。」風暮音低下了頭，拉緊了他披在自己肩上的外套：「我想我還是不習慣穿這種衣服，感覺很彆扭。」

「不，我的意思是……」

「蘭斯洛先生。」一道沙啞難聽的聲音打斷了兩人的談話。

兩人一起轉過頭，看到了一個穿著灰色西裝的男人站在那裡。

「很抱歉打擾了。」那個人恭敬地對天青說：「美洲分部的負責人想和您談話。」

「沒看到我——」

「你去吧。」風暮音把脫下來的外套遞給天青：「怎麼說也該盡到主人的責任。」

「那妳進去吃點東西好嗎？」天青從她手上接過外套：「我看妳好像什麼也沒吃。」

「我不餓。」風暮音笑著搖頭，真虧他這種時候還能這麼細心：「我好像有點累了，也許過會就先回樓上去。」

「也好。」天青回答她：「如果不舒服，就早點上去休息吧！」

風暮音看著天青走進了大廳，而那個穿灰西裝的男人，臨走時看她的那一眼讓她皺起了眉。

她又站了一會，漸漸感覺手腳有些麻木了，於是慢慢走進大廳，朝著電梯而去。

和她擦肩而過的每一個人，都用同一種目光在看她，濃重的敵意讓她的胃一陣陣地抽痛著。

她站在電梯裡，看到天青正坐在衣著光鮮的人中間，微笑著聆聽他們的話語。

電梯門關上，把歡聲笑語關在了外面。

風暮音側過臉，在金黃色的牆面上看到了自己扭曲的影像。這一刻，她比以往任何時候都清楚地意識到，這裡……不是她的世界……

電梯在頂樓停了下來。電梯門打開，寂寞陰冷撲面而來，風暮音卻覺得大大地鬆了口氣。進了自己的房間，踢掉那雙讓腳很不舒服的鞋子，整個人倒在了床上。頭髮被粗魯的動作弄亂，一下子沒有了形狀。她怔怔地躺在那裡，看著自己披散在白色床單上的頭髮，手指動了一動，不由自主地從枕頭下拿出了一束用銀色絲帶繫著的髮束。

風暮音把他的頭髮放在面前，慢慢閉上了眼，想起第一次見到他時的情景。他長長的頭髮在陽光裡閃爍著綢緞一樣的光芒，漆黑濃密的眉毛，挺直的鼻梁，薄薄的嘴唇，還有那雙美麗的綠色眼睛……

大門「砰」一聲被推開了，風暮音整個人從床上跳了起來。

「金晨輝，妳幹什麼？」她像是做了虧心事一樣心跳得厲害：「妳不知道進別人的房間要先敲門嗎？」

「我忘了。」金晨輝滿不在乎地回答，隨即又說：「灰姑娘，妳就這麼跑掉，王子殿下會很傷心的！」

「我已經和他說過我有點累，所以先上來休息了。」金晨輝一直在餐桌旁埋頭大吃，沒想到這麼快就能留意到她不見了：「妳怎麼也上來了？宴會還沒有結束呢！」

「真是沒勁，除了有好吃的東西以外，簡直是一點意思也沒有。」金晨輝做了一個唾棄的表情：「枉費我這麼期待！」

「妳不是挺受歡迎的？」風暮音坐在床邊，把手心的髮束慢慢塞回了枕頭：「我看到好多人在圍著妳打轉。」

「都是些無趣的傢伙。」金晨輝跳上了她的床：「妳也是啊！別理他們就是了，不用放在心上。」

「他們說得對。」風暮音看著她，從她的眼睛裡看到了真切的關心：「妳才是真正的公主。」

有些話她不想聽，但是不代表她聽不到。

金晨輝和她真的是完全相反的類型，對方散發著一種光芒，如同春日裡的陽光一樣溫暖親切。那是精美、細緻的，一看就是需要放在手心裡呵護著的美麗。有著這種嬌弱的、楚楚動人的美麗，又有著純真善良、樂觀體貼的性格，或許站在天青身邊的，應該是像金晨輝這樣……

「風暮音！」金晨輝突然伸手擰她的臉頰：「不許胡思亂想！」

「我沒在想什麼。」風暮音輕輕拍開了她的手掌。

「跟我來！」金晨輝站到地上，用力把她拖到了鏡子前面：「好好看看自己，妳才是最美麗的公主，那些人只是在妒忌妳而已。」

「我不這麼覺得。」不可否認鏡子裡的自己比平時好看許多，但那不是她，鏡子裡的身影就像幻象一樣不夠真實：「人的美麗不能只用容貌作為標準。」

「那些人都怪怪的，一定是腦子有問題。」金晨輝很用力地為她打抱不平：「這件衣服和妳眼睛的顏色多配啊！」

「眼睛？」風暮音像是從夢中驚醒過來。

她知道為什麼了！她知道為什麼他們對自己有著那麼濃重的敵意了！今天蒞臨的客人們，應該都不是普通人才對。至於內部宴會，不用多說，自然是指狩魔獵人工會內部！這些狩魔獵人們對於她身上散發出來的魔族氣息和特徵是多麼敏感，他們下意識就把自己當作了敵人……

「真糟糕！」風暮音用力地拍了一下額頭：「我怎麼忘了這麼重要的事！」

「怎麼了？」金晨輝被她激烈的反應嚇到，緊張地問：「妳忘了什麼重要的事？」

「眼睛！」風暮音捂住眼睛，在心裡拚命地罵自己是笨蛋。

「到底怎麼了？」

「金晨輝。」風暮音睜開眼睛看著她：「看到我的眼睛，妳不覺得奇怪嗎？」

「為什麼要覺得奇怪？」金晨輝的神情非常疑惑，「妳眼睛的顏色很漂亮啊！」

「妳為什麼都不問我？」一般人看到的話，都會覺得很驚訝吧？

「問什麼?問說怎麼擁有像妳一樣的瞳色嗎？」金晨輝酸溜溜地回答：「哼哼，那個是天生的，問了我也不會有。」

風暮音無力地跌坐在椅子上。

如果真的要說原因，她會說是因為金晨輝和那個怪異的老闆娘完全沒有在意她眼睛的顏色，她才徹底忘記了要帶隱形眼鏡這件事。

「暮音。」金晨輝一臉擔憂地看著她：「是不是我的錯？是不是我做錯了什麼，才把一切搞砸的？」

「不關妳的事，妳把我打扮得很漂亮，我從來沒有像今晚這麼漂亮過。」風暮音低頭看了看身上的紫色旗袍，說實話，她真的很喜歡這件衣服，但是沒想到……

「如果可以，我真想和妳交換。」

風暮音抬起頭，試圖在金晨輝的神情中看出這句話認真的程度。

「其實妳不覺得我們長得有點像嗎？只要稍微整一下容，也許我們可以互相交換身分呢！」金晨輝嘆了口氣：「這樣就可以一直住在這裡，天天大魚大肉了！」

「妳喝酒了嗎？」起初風暮音還以為是錯覺，現在她很確定金晨輝身上有酒味：「妳喝了多少？」

「一點點！」金晨輝比了一下：「家裡都不讓我喝，說什麼酒能亂性。我剛才喝的時候還很興奮，沒想到一點都不好喝……」

「未成年人不該喝酒。」風暮音沒想到，自己居然浪費時間和一個醉鬼說了這麼多話：「快回去睡覺吧！」

「什麼未成年？我早就成年了！」金晨輝立刻生氣了：「妳和他們一樣，一直把我當成什麼都不懂的孩子，我討厭妳！」

她一說完就衝了出去，接著又衝了進來，手裡還拿著可疑的玻璃瓶。

「妳想做什麼？」風暮音往後退了幾步。

「暮音。」金晨輝惡狠狠地說：「我們來喝酒吧！」

「喝酒？」風暮音皺著眉說：「我不喝酒。」

「沒關係！妳沒聽說過一醉解千愁嗎？」金晨輝又跑去門外拿進來一個很大的餐盤：「妳看，我連下酒菜也準備好了！」

「妳去哪裡拿來這麼多菜和點心的？」風暮音詫異地問她。

「當然是樓下啦！」她拖著風暮音坐到地毯上。

風暮音看著那個原本應該是用來裝冷盤的銀質大餐盤，完全呆住了。

「妳看，這是我最喜歡吃的栗子蛋糕！」金晨輝捂住嘴吃吃地笑：「我整盤都拿走了，妳真該看看那些人愣住的樣子。」

「妳啊……」想到金晨輝拿著這麼大的餐盤穿過大廳時，其他人會有什麼反應，風暮音也忍不住笑了出來。

「我們要一醉方休！」金晨輝舉起了杯子。

風暮音也舉起了杯子，重重地碰了上去，笑著說：「好，那就一醉方休！」

那天晚上風暮音最後的印象，是金晨輝舉著杯子在她床上用力跳著，嘴裡在喊：「臭男人真討厭！」

【第九章】
Lies and Love

風暮音睜開眼，覺得頭有點昏昏沉沉的，甚至一時想不起來自己為什麼會躺在地上。直到看見一片狼藉的房間，她才想起了昨晚發生的事。

她和金晨輝一起喝了酒，後來覺得不過癮，好像還去廚房把酒架上的酒全拿過來了……她腰痠背痛地從地上爬起，看到金晨輝躺在床上還沒有醒，窗外的天已經大亮了。

聞到身上的奇怪氣味，風暮音決定先洗個澡再慢慢收拾房間。等她洗完澡從浴室出來時，看到金晨輝呆呆地坐在床上看著自己。

「妳醒了？」

「妳的項鍊真漂亮！」金晨輝好像還沒徹底清醒。

風暮音低頭看了一下胸前，那是她父親留下來的，她從魔界回來後，就找了條鍊子一直戴在身上。

「不是什麼貴重的首飾，只是一個紀念品。」她對金晨輝說：「我要收拾房間了，妳要是還沒有睡醒，就回自己房間去睡吧！」

金晨輝有氣無力地點點頭，從床上爬起來走了出去。

風暮音拿著垃圾袋走出房間時，看到天青正從他的房間裡出來。

「天青。」風暮音把垃圾袋放到一邊，在電梯前喊住了他。

雖然算不上什麼重要的事，但她還是想跟天青說幾句話。

「這麼早就起來了?」天青看著她問:「昨天晚上妳們不是熬到很晚嗎?」

「我有些話想和你說。」一想天青可能知道她們昨晚幹的蠢事,風暮音覺得有點尷尬。

「那我們去客廳吧。」

「不用了!」風暮音急忙搖頭:「只是說幾句話。」

「好,那妳說吧。」

「我很抱歉。」風暮音不太想看他的表情,只好盯著他的鞋子:「昨天晚上,我給你惹了很大的麻煩。」

「為什麼這麼說?」天青的聲音裡帶著點驚訝。

「我沒有帶隱形眼鏡。」風暮音眨了一下眼:「希望你能原諒我的粗心。」

「不,這不是妳的錯。」天青朝她走了過來:「其實我也有錯,沒有事先想到這個問題。」

風暮音抬起頭,看著天青的笑臉。

「別擔心了。」天青摸了摸她的臉頰:「我會處理好的。」

風暮音點點頭。

「好了,妳還是去睡一會吧!」天青突然笑出了聲:「昨天晚上妳們那麼辛苦,一定需要好好休息。」

想到他一定是把自己當成了醉鬼,風暮音心底哀號了一下。

「天青……」在天青走進電梯時，風暮音喊了他一聲。

「怎麼了？」天青按著開門鍵，疑惑地看著她。

「不，沒什麼。」風暮音搖了搖頭：「我只是想說再見。」

「再見。」天青鬆開了手，電梯門緩緩關上。

還是不行，感覺有什麼東西擋在他們之間……風暮音蹲在地上，盯著金晨輝地毯發呆。

直到電梯門再次打開，眼前出現一雙黑色的皮鞋，風暮音才回過神來。

「天……」本來以為是天青去而復返，風暮音一抬頭，笑容就僵在了臉上。

「風小姐嗎？」

「你是誰？」風暮音站了起來，戒備地盯著眼前的陌生男人。

其實也不能說是完全陌生，這個人就是昨晚在宴會上喊走天青的男人，她還記得這個人的目光有多麼惹人厭。

「昨晚我們見過。」他露出了笑容。

「是。」風暮音往後退了幾步：「但只是見過面，也不代表我認識你。」

「這種話實在太傷人了。」那人裝模作樣地嘆了口氣：「我當然比不上蘭斯洛先生，妳不想理會也是正常的。」

他的聲音真的很難聽，但是風暮音隱約對這個聲音有點印象。

「你是……八十五？」她試探地問。

「真是榮幸，風小姐居然還記得我這個小人物！」他笑了幾聲，聲音就像用利器刮著風暮音的耳膜。

「你來這裡做什麼？」她和這個人的關係不是很好，更對他一點好感也沒有：「蘭斯洛先生剛離開，要是你找葛萊先生的話，他們不在這層。」

「我當然知道。」他往前走了幾步。

風暮音的心裡咯噔一響，直覺不好了。

「我今天是特意來找風小姐的。」那個八十五臉上的笑容漸漸消失：「我昨天晚上看到妳的時候，真是吃了一驚。」

「你想幹什麼？」風暮音冷靜地說：「我跟你又不熟，沒什麼好談的。」

「沒什麼好談的？」他的臉扭曲了一下：「風小姐，妳真是貴人多忘事。難道妳忘了我們第一次見面的時候，妳送了什麼見面禮給我嗎？」

「我沒忘！」風暮音對男人理直氣壯的態度感到不解：「當時你想傷害一個手無寸鐵的孩子，我只是阻止了你！」

「孩子？」八十五又笑了起來，「恐怕只有妳會把軒轅西臣當成孩子，她的歲數都可以當妳祖先了。」

「你放尊重點！」風暮音惱怒地說：「還有，請你立刻離開這裡，我不想看到你！」

「不過是被魔族污染的人類，蘭斯洛先生是昏了頭才會把妳留在身邊。」他用一種狠毒的眼神看著風暮音：「都是因為妳，我現在已經成了整個工會裡的大笑話。」

「那你想怎樣？」風暮音在心裡設想著各種可能發生的情況。

「不怎麼樣。」他笑了一聲：「有人想『關心』妳一下，妳最好乖乖跟我走，不然我可不敢保證妳毫髮無傷。」

「你在說謊。」風暮音皺起眉，這個人身上的殺氣實在太重了：「妳根本就不打算讓我活著離開這裡。」

「妳很聰明，只可惜不識時務。」八十五一臉同情地看著風暮音：「你不知道蘭斯洛先生對整個工會甚至所有人類的重要性，所有會危害到他的東西，都是不允許存在的。」

「無聊！」風暮音又退了幾步，這時她已經到了走廊上。

「別想著逃走。」八十五悠閒地跟了上來：「上次我是因為張開結界耗費了太多力量，如果只是單純攻擊，妳絕不是我的對手。」

風暮音才不想跟他廢話，只想著用什麼辦法才能平安脫身。

「暮音。」她身邊的門突然打開了，金晨輝帶著困倦的臉出現在她面前：「出什麼事了？妳在和誰吵架嗎？」

風暮音一愣，她差點忘了金晨輝還在這裡，剛回神想把金晨輝推進房間時，八十五已經行動了。

他的手上出現了一把弓，架著鋼制的羽箭，手指一鬆，箭旋轉著朝風暮音射了過去。目標是風暮音伸出的手掌，如果她躲避的話，箭就會射中金晨輝。

風暮音想都沒想就用力推開了金晨輝，接著一陣撕裂的疼痛就從她掌心爆發出來。羽箭是照著螺旋的痕跡射出，風暮音不用看就知道，手心一定已經有了一道可怕的傷口。她怕看了傷口以後會不舒服，急忙把手垂向地面，任由黏稠的液體沿著手指滑落。

「不要傷害她。」風暮音表面上保持著冷靜，其實心裡根本就沒底：「她只是個普通的人類。」

「真是對不起了！」八十五笑著回答她：「我收到的命令可是『不惜一切代價』！」

風暮音胸口劇烈地起伏著，她全神貫注地盯著八十五抓著箭的手。自從和魔王訂立契約後，她的力量一直像被壓抑著，擺明了不是八十五的對手。但她也不能逃跑，否則金晨輝的性命肯定不保。

現在她只希望金晨輝懂得抓緊時機逃跑，從這個房間的陽臺可以爬到消防樓梯那裡，只要她往下跑幾層，就可以向葛萊他們求救了。

「暮音！」尖叫聲在她耳邊響起：「妳流血了！」

「妳快走！」風暮音朝金晨輝大聲吼叫著，轉過頭的時候發現，一枝箭已經快要到自己眼前了。

箭的速度在她眼中並不是很快，她伸出沒有受傷的手試圖像以前一樣抓住箭身，但是還沒有碰到箭，氣流已經割裂了她的手掌，她閉上眼，心裡想著這次死定了。

箭還是停下了。

風暮音的頭髮隨著氣流猛地朝後揚起，有一隻手在她的眼前緊緊地抓握著白色的細長箭身。

風暮音張了好幾次的嘴都沒能發出聲音，只是愣愣地看著那隻手的主人。

「暮音，妳流了好多血！」金晨輝慌張地看著她，隨意地丟掉了手裡的箭：「妳要不要緊啊？」

「金晨輝。」風暮音喃喃地問：「妳到底是什麼人？」

「他想幹什麼？」金晨輝沒有回答她，而是盯著看起來很凶狠的八十五。

「他想殺了我們。」風暮音甩了甩頭，把疑惑先放在一邊，對著金晨輝說：「要想辦法離開這裡。」

「好的！」

風暮音只聽到了這兩個字，感覺到金晨輝抓住了她的手，然後她的眼前突然一片黑暗，就像被人用黑布遮住了眼睛一樣。

「妳怎麼做到的？」眼前恢復光明時，風暮音發現自己的所在地已經完全不同了。

「先別管了，妳現在需要的是立刻止血！」

被金晨輝一提醒，風暮音下意識地低頭去看手掌。那個觸目驚心的傷口還好，但是不停湧出來的鮮血實在讓她無法接受。

「妳別暈倒啊！」金晨輝扶著她，大聲在她耳邊叫嚷，還用腳踢著什麼：「快開門啊！死人了！快點出來救命啊！」

開門？風暮音努力抬起頭，看到了一扇朱紅色的大門。而一旁黑底金漆的門牌上清楚地寫著：安善街一百九十七號。

這扇大門風暮音感到很眼熟，還有這個地址。

這裡，不就是——

大門悄無聲息地打開，門裡走出了一名看不太出年齡的男人。長及腰後的墨黑頭髮，還有那一身奇怪的衣著，讓他看起來有種遺世獨立的神祕和優雅。

「晨輝。」這個人的聲音溫和醇厚，十分動人：「妳這是在幹什麼？」

風暮音當然認識這個人，這是金先生，那個古怪透頂的金先生。

安善街一百九十七號，是金先生的家。

確定安全了，風暮音眼前一陣發黑，暈了過去。

「妳和金先生是什麼關係？」風暮音醒過來以後第一件事，就是問金晨輝這個問題。

「妳忘了我叫什麼名字嗎？」金晨輝正坐在她身邊剝橘子吃。

「金晨輝。」

「這家的主人呢？」

「也姓金……難道妳和他……」是親戚嗎？金晨輝和那個性情古怪的金先生居然會是親戚？

「我是他家的傭人，還是賣身的那種。」拿著橘子的手垂落下來，金晨輝黯然地嘆了口氣：「所以拜託妳別再連名帶姓的叫我了，每次聽到我都會很傷心。」

「是嗎？」風暮音狐疑地問。

「嗯！」金晨輝用力點頭，然後眼淚汪汪地問：「妳以後就省略我的姓，叫我晨輝行不行？」

風暮音和她對望了一會，雖然覺得很奇怪，但還是喊了：「晨輝。」

「晨輝小姐，妳又在胡說了！」軒轅西臣從外面走了進來，表情看起來很無奈：「被先生聽到的話，妳又會受罰的。」

「我不怕。」金晨輝很認真地說：「要是他敢體罰我，我可以去告他虐待罪！」

「晨輝小姐。」軒轅西臣沉下了臉：「妳變壞了。」

「妳錯了。」金晨輝不無得意地說：「我是終於長大了，知道怎麼保護自己。」

「妳還沒有回答我的問題。」風暮音還是沒聽懂金晨輝和金先生是什麼關係。

「他啊。」金晨輝輕描淡寫地說：「名義上是我的父親。」

「父親？」風暮音一下子不能把父親這個名詞，和自己印象中那個金先生連在一起：「金先生是你的父親？」

「如果可以，我也不想當他女兒啊！」金晨輝握緊拳頭，做了一個「忍耐」的動作：「太不幸了，我是被命運之神捨棄的孩子，嗚嗚……」

「晨輝小姐。」軒轅西臣為難地開了口：「妳還是不要這麼說了，先生聽見了會傷心的，妳可是他最珍愛的女兒呢！」

「我才不稀罕！」金晨輝用鼻子哼了一聲：「誰想當誰當，我樂意奉送！」

軒轅西臣搖了搖頭，走了出去。

「妳和妳父親相處得不好嗎？」

為什麼金晨輝提到父親是這種反應？是因為與眾不同的相處方式，還是有其他原因？

「說不上好或不好，我們的關係就是普普通通。」金晨輝把剝好的橘子分了一半給風暮音：「也許因為不是血親的緣故，所以始終覺得有隔閡。」

「沒有血緣關係嗎？」金先生的確不太可能有這麼大的女兒。

「我不是他生的，所以他只能算是名義上的父親。」金晨輝把橘子塞進嘴裡，不怎麼清晰地說：「我是沒人要的小孩，被他撿回來養的。」

「難道金先生對妳不好嗎？」

「那倒也不是……」金晨輝轉而把橘子塞進風暮音嘴裡：「不過，我懂事以後就很少待在他身邊了，也不能指望我和他有多深厚的感情吧！」

「不能用時間來衡量啊。」風暮音想起了自己的父親：「有些感情是永遠也無法忘記和改變的，就像親人間的感情。」

「說得太好了。」她剛說完，門外就有人接著說：「看來我該向妳的父親好好學習才是。」

「金先生！」

「希望晨輝沒有帶給妳太多麻煩。」金先生從門外走了進來，臉上帶著淡淡的微笑：「實在很謝謝妳替我照顧她。」

「不，如果不是她，今天我也不能在這裡和你說話了。」風暮音真誠地道，「應該表示感謝的是我才對。」

「哪裡的話。」金先生走到兩人身邊，握起風暮音的手看了一下：「傷口怎麼樣？」

「我想沒有太大問題。」

「這是……」他的目光停在了風暮音的手腕上：「好特別的圖案。」

「是四葉草。」風暮音也看著那個印記：「可以算是一個承諾吧！」

「呃，沒我的事，那我先出去了！」此時，金晨輝突然站了起來，一陣風似地跑了出去。

「讓妳見笑了。」金先生看了一眼金晨輝的背影，對風暮音說：「我想我沒有養育孩子的經驗，所以她始終停留在叛逆期沒有長大。」

「我不覺得她還是個孩子。」風暮音收回了手：「也許只是缺少傾吐和聆聽的機會。」

「接下來妳有什麼打算？」金先生似乎不想再繼續這個話題：「需要我派人送妳回去嗎？」

「不，如果可以的話，我暫時還不想回去。」現在回到天青身邊，似乎只是讓一切變得更糟：「能不能找人幫我帶個消息給天青？」

「如果妳指的是蘭斯洛．赫敏特先生，當然沒問題。」金先生微微一笑：「那妳就留在這裡吧，直到想離開的那天為止……」

【第十章】
Lies and Love

這次的受傷提醒了風暮音，她似乎太過於依賴天青了，以致於危險來臨的時候，一點抵禦力也沒有。

這次的事，想必牽涉到天青不願她知道的事。她也不想讓天青感為難，留在金先生家，似乎是最好的選擇。

說起安善街，這裡真是一個安靜自在的地方。

只是那對父女的相處方式，始終令風暮音難以理解，就像今天這樣……風暮音遠遠地看見那兩人面對面站在那座白玉拱橋上，因為氣氛很沉重，所以她沒有走過去，而是停下腳步想避開。想不到金晨輝看了風暮音一眼，轉身就跑。金先生卻慢慢地朝她走來，她也只能站在了那裡。

「晨輝從十歲開始，就不願意喊我父親了，我還為此失落了很久。」金先生看著金晨輝離開的方向，語氣好像有點感慨。

「她看起來無憂無慮，其實也只是一個寂寞的孩子。」這一點，風暮音也是最近才發覺的：「你是不是該問一問自己，為她做了些什麼呢？」

「我想妳並不明白。」金先生似乎有些被她觸怒了：「我已經盡我所能地讓她過得快樂，她卻只想違背我的意思。」

「我是不明白，但是我覺得晨輝不快樂，這種不快樂完全是因為你。」怎麼說也是別人的私事，風暮音本來不想多嘴，但是看到晨輝那個樣子，她忍不住就想說些什麼：「在作為你的女兒之前，她更是一個獨立的個體，她有能力分辨什麼是她想要、什麼是她不要的。你根本就不知道她想要什麼，自以為什麼對她好就強迫她接受，其實是一件很差勁的事。」

依風暮音看，問題的癥結就在於缺少良好的溝通，她不知道一向直來直往的晨輝為什麼會有這種問題，但是她漸漸發覺金先生看起來親切，事實上根本不擅於和別人交流。

這方面讓她想起了天青以前的表現……看起來和顏悅色，心裡根本瞧不起別人，不知道從何而來的優越感，覺得任何人都低他們一等，更別說是接受不同的意見了。

「風暮音小姐。」金先生突然笑著說：「很高興能和妳談話。」

風暮音明白這句話的真正意思——談話到此為止。她有些明白晨輝為什麼會那麼鬱悶了，面對如此專制的父親，實在不是一件輕鬆的事。

不過還好，至少金先生對於表面風度的掌握近乎完美，雖然好像不太滿意風暮音的態度，還是客客氣氣地轉身離開。

「姐姐。」他前腳離開，軒轅西臣就出現在風暮音面前。

「西臣，剛剛金先生他……」風暮音想了想，其實自己沒有立場說那些話的。

「他生氣了。」軒轅西臣告訴她：「這些年以來，我是第一次看到先生這麼生氣。」

「我好像多事了。」好像會被指責，風暮音感到有些難堪。

「沒有沒有！」軒轅西臣搖了搖頭：「雖然先生是我們的主人，但是有時我也會覺得，先生根本不懂晨輝小姐想要什麼……」

聞言，風暮音愣了一下，一個模糊的念頭閃過腦海，但是她的理智卻立刻否定了那個怪異的想法。

「不說這些了。」她彎下腰，看著這個丁點大的小女孩：「西臣，想問妳一件事情，妳老實回答我好嗎？」

軒轅西臣用力地點了點頭，臉頰的梨窩深深的，看起來可愛極了。

「妳究竟年紀多大？」風暮音困惑地側著頭：「有人跟我說，妳的年紀超乎我想像，我還真是想像不出來。」

「這一點嘛……」軒轅西臣聽她這麼問，不好意思地低下了頭：「其實也沒有多大……」

「那到底是多大？」她越是這樣，風暮音就越是好奇。

「不是我不想說，而是——」軒轅西臣看了她一眼，很為難地說：「年齡是所有女人的祕密！」

軒轅西臣好像知道很多奇怪有趣的事，風暮音聽她說著說著就忘了時間，等回到房間已經很晚了。

剛走進臥室，她就看到有個熟悉的身影在床邊晃來晃去。

「金晨輝。」風暮音打開電燈，房間亮了起來：「妳在幹嘛？」

「啊！」金晨輝跳了起來：「嚇死我了！妳走路怎麼都沒有聲音！」

「該害怕的是我吧？」風暮音拉下臉：「現在是半夜，幹嘛鬼鬼祟祟地溜進我房間？」

「這裡本來是我的房間啊！」看到風暮音的表情，金晨輝扁了扁嘴：「好啦，我是來偷偷跟妳告別的，沒想到被妳嚇得半死。」

「告別？」風暮音詫異地挑了一下眉毛：「妳要去哪裡？」

「反正我就是沒辦法一直待在這裡。」金晨輝看了一下四周：「時間長了，就覺得會窒息一樣。」

「那妳這些年怎麼過的？」風暮音想像著她不斷離家出走的場面。

「啊，既然妳醒著，乾脆我們一起走吧！」金晨輝牛頭不對馬嘴地說：「老是留在這悶死人的地方，會生病的。」

「不了。」風暮音拒絕了她的好意：「我還是留在這裡比較好。」

「這樣啊。」金晨輝坐在床邊，來回搖晃著雙腳：「那我就只能一個人走了。」

「金晨輝，妳是刻意接近我的吧！」風暮音若有所思看著她：「到底為什麼？」

金晨輝好像有點吃驚，腳也不再晃了，只是呆呆地看著她。

「這不難分辨。」風暮音倒是笑了：「妳不是第一個刻意接近我的人，演技卻是最劣拙的一個。」

「對不起！」金晨輝的臉上滿是愧疚：「妳一定覺得我是個卑鄙的人吧！」

「沒那麼嚴重。」風暮音搖了搖頭：「妳救了我的命，不是嗎？如果不是妳，我可能早就被那個瘋子殺了。」

「暮音，妳真的是一個很特別的人。」金晨輝笑得很古怪：「怪不得他對妳的態度會那麼特別。」

「哪個他？」風暮音一頭霧水地問。

「我從來沒有見過他容許某個人逾越他定下的界限。」有著那種表情的金晨輝是風暮音所不熟悉的：「除了妳。」

聽到這裡，風暮音開始有些肯定那個在腦中一閃而過的念頭，但是……這種事情……怎麼會是這樣的情況呢？

「晨輝，妳是怎麼看待金先生的？」風暮音走到她身邊坐了下去。

「他？」金晨輝想了想：「他是一個階級觀念分明的老古董，每個人在他的心裡都被貼上了標籤，每個人的階級有著嚴格的區分。他是個冷酷的人，該怎麼對待你，他心裡的界限清清楚楚，永遠也別想越雷池一步。」

風暮音不說話，只是看著她。

「暮音，為什麼這樣看著我？」

「這樣真的好嗎？」風暮音輕聲地問她：「對妳來說，他似乎不是適合的對象。」

「妳不知道……」

「妳忘了嗎？妳曾說過我煩惱的是愛不愛，而妳的煩惱則是能不能愛。」看到她備受驚嚇的表情，風暮音摸了摸她的頭：「如果是像他那樣無法理解妳心情的人，我真的覺得不合適。」

「有時候妳真是敏銳得讓人害怕。」金晨輝慢慢地平靜下來：「其實也沒什麼好隱瞞的。我喜歡他，不是對父親的那種喜歡，而是一直把他當作可以戀愛的男人那樣看。」

風暮音被她的直率嚇了一跳，隨即就釋然了。金晨輝本來就是一個活得很坦然的女孩，也就是因為太過坦然，才會因為壓抑情感而加倍痛苦。

「我在他的房間裡看到了妳的照片……我想，妳對他而言一定很特別。」金晨輝有點澀然地說：「所以才特意轉學去了妳的學校，想看看妳到底是怎麼樣的人。」

「只是因為這樣？的確是妳這種笨蛋會做的事情呢。」

「反正我在大家眼裡就是喜歡做傻事的笨蛋，也不差這麼一次了。」金晨輝低下了頭：「我想我會討厭妳的，但是我沒有辦法……暮音是個很好的人呢！」

「如果要我說句實話。」風暮音笑著說：「我覺得他討厭我。」

「真的嗎？」金晨輝小心翼翼地問。

風暮音點了點頭，只見金晨輝藏不住心事的眼裡立即閃過一絲欣喜。

下一刻，風暮音心底升起一股納悶，像金先生那樣心思細膩的人，難道看不出晨輝對他的心意？

「如果對他有著不一樣的想法，就去告訴他吧！」風暮音對她說：「妳不說的話，是準備放在心裡一輩子？」

「不行。」金晨輝搖了搖頭，笑容居然是那麼寂寞：「妳不懂，我和妳的情況完全不同。」

「有什麼不同？」風暮音不知道到底是什麼讓她畏縮不前。

「雖然我和妳一樣有著特別的力量，但本質上來說也只是人類。」金晨輝很平靜地對她說：「妳應該也猜到了，他和我們不一樣。從我見到他第一天開始，他就是現在這個模樣，沒有衰老也沒有改變。他曾說過……對他而言，人類的生命就像是朝生暮死的昆蟲，我對他來說，也不過就是一隻昆蟲罷了！」

「那又怎麼樣？」風暮音笑了，覺得這根本構不成理由：「妳不是說過喜歡就是喜歡，不喜歡就是不喜歡，內心是什麼感覺，那就是什麼了。既然所有外在因素都只能算是藉口，這又能算什麼理由呢？」

「那妳覺得我該怎麼做呢？」金晨輝笑了笑，卻笑得很勉強：「我絕對沒有勇氣跟他說的……」

「害怕說出口以後，再也回不到原來嗎？」風暮音用力拍拍她的頭：「傻瓜，當妳不再把他當成父親的那一刻開始，你們就永遠回不到原來了。」

「是嗎……」金晨輝似乎陷入了沉思。

「或許就這麼算了。」風暮音故意說：「如果妳可以忘記那份感情，那是最好不過，反正他那種男人一點也不合適妳。」

「我……只是不想失去他……」金晨輝艱難地說著。

屋子裡靜悄悄的，風暮音知道她心裡很亂，需要好好想一下。看著那張低垂的臉，風暮音似乎能夠隱約感覺到她心中所受的煎熬……

「好！」突然，金晨輝站了起來。

「好什麼？」風暮音被她嚇了一跳。

「遲早要說的話，不如現在就說！」金晨輝用壯士斷腕的表情對她說：「暮音，妳說得對，再這樣下去，對我來說實在太不公平了。」

「等一下！」風暮音連忙拉住她：「妳的意思不會是現在吧？」

虧她還認為金晨輝會猶豫不決很長一段時間，還真是單細胞生物……

「為什麼不行？」金晨輝挺起胸膛，深深地吸了口氣：「在我還有勇氣的時候，把一切都結束吧！」

風暮音只能目瞪口呆地看著她像是奔赴刑場一樣出了房間。

她……不是真的要去和那個人表白吧！

風暮音不知道那麼鼓勵金晨輝是對是錯，自己只是覺得她一點也不適合晦澀痛苦的單戀。雖說快刀斬亂麻是好，但她也不知道金先生對於晨輝來說到底有多麼重要，她只好偷偷地跟到了金先生的門外，再看著對方走了進去。

屋裡一直很安靜，屋外的風暮音倒是心慌起來，卻又不敢靠近，只能在遠處默默看著。不知過了多久，門打開了，她看見金晨輝走了出來。月色下，金晨輝的臉色十分蒼白，蒼白得簡直像鬼一樣。

見她失魂落魄地走開，風暮音連忙想追上去看看。

「風暮音小姐。」風暮音才跨出一步，就被耳邊傳來的聲音嚇到了。

「金先生？」她轉過身，長髮飛揚的金先生不知什麼時候站在了她身後。

「請妳以後離晨輝遠一點，不要用妳那些無聊的念頭影響她。」金先生臉上的表情很奇怪，像是在隱忍著怒火：「對我來說，晨輝是很重要的『女兒』，如果妳不知自重，我只能請妳離開這裡了。」

「你一直這麼自以為是嗎？」風暮音很擔心那個衝動的傻瓜，沒有心思和他多說什麼：「你根本就不瞭解晨輝的心情。」

「這種事情，我比妳清楚得多。」金先生冷冷一笑：「不過就是小孩子的一時錯覺，過一陣子等她想清楚就好了，我不會放在心上的。」

「我早就說過，你一點也不適合她。」說完，風暮音轉身就走。

走了幾步，她又停了下來。

「還有！」她側過頭對金先生說：「也許你活了很長的時間，看不起我們這些朝生暮死的人類。但是我覺得和晨輝相比，你才是不知道什麼是最值得珍惜的東西！」

風暮音是不久前才知道金晨輝躲人的本事很高，據說如果她刻意想躲起來，除了金先生，誰都找不到她。

風暮音找了很久，才在園子的一個假山角落裡找到了金晨輝，她正蜷攏了身體坐在地上，眼神呆滯地看著地面。

「妳怎麼了？」風暮音蹲在她面前：「沒事吧？」

「別理我。」金晨輝小聲地說：「我過一會就會好了。」

「走。」風暮音拍了拍她的腦袋：「我們去吃栗子蛋糕吧！」

「暮音！」金晨輝撲到她身上號啕大哭起來。

風暮音想把她拎遠一點，但始終沒有付諸行動。因為她好像……真的很傷心……

「他問我是不是身體不舒服，要我去看醫生。」金晨輝一邊擦眼淚，一邊恨恨地說：「我就叫他去死！」

「妳這傻瓜……」風暮音嘆了口氣：「不過妳做得很好。」

「我剛才好難過，難過得快死掉了！可是不知道為什麼，說出來以後，我整個人都輕鬆了呢！」終於擦乾了眼淚，金晨輝的眼睛閃亮亮地盯著她：「暮音，我們去喝酒慶祝吧！」

「……妳沒事吧？有什麼好慶祝的？」是不是受了太大的刺激，精神不穩定了……

「慶祝我長達十年的初戀終於徹底失敗了啊！」金晨輝驕傲地告訴她：「我從十歲開始就喜歡他，到現在整整十年了喔！」

明知一定會被拒絕，這傢伙還真是夠傻的！風暮音看著金晨輝強顏歡笑的模樣，心裡也跟著不舒服起來。

「好吧！」她又嘆了口氣：「反正我肯定會被趕走，就陪妳出去好好喝一杯吧！」

兩個少女就這樣結伴跑去喝酒了。

「老闆！再給我一瓶！」金晨輝的聲音把風暮音從暈眩中驚醒。

風暮音抬起頭，看到金晨輝趴在桌上，嘴裡含糊不清地說：「想想我的人生，真的是一點目標也沒有了呢……」

人生的目標？人生應該有什麼樣的目標呢？風暮音一邊想著，一邊迷迷糊糊地閉上了眼……

眼前只有一片迷霧。

風暮音茫然地看著周圍，好像聽到了什麼熟悉的聲音，便朝著那個方向追了過去。

沒跑多久，她就看到了一個背影，是天青。

她欣喜地跑過去，卻在離天青還有幾公尺的地方被無形的東西擋住了，無法前進。她張開嘴大聲地喊著天青的名字，卻發現一點聲音也發不出來。

這時，天青回頭看了她一眼，目光卻那麼冰冷……她一下子僵在了那裡，不敢相信他會用那樣的目光看著自己。接著，天青慢慢地轉身走開，長長的頭髮在身後閃爍著冰冷的光芒……

「暮音！暮音！」

風暮音猛然醒來，發現自己流了一身冷汗。冷風吹過，她忍不住打了個寒顫。

「妳沒事吧？」金晨輝擔心地看著她：「是不是做惡夢了？妳的臉色好差。」

「我沒事。」風暮音甩了甩頭，平復了一下慌張的情緒：「只是做了個夢。」

「沒事就好。」金晨輝還是不太放心：「妳剛才的樣子很可怕，我真是被妳嚇壞了。」

「這是哪裡？」風暮音坐起身，就著朦朧的天色看向前方：「我們怎麼到這裡來的？」

記得自己昨天喝了很多的酒，然後……就沒太多印象了。但就算她們已經離開了那間小酒館，也不至於會跑到荒山野嶺中吧！

「那些事情就別管了。」金晨輝的臉上有著超乎尋常的興奮：「暮音，看看妳的背後！」

「什麼？」風暮音不知道她葫蘆裡賣的什麼藥，慢慢轉過了身。

遠處，在即將黎明的天色裡，有一扇烏黑而泛著奇異光澤的大門矗立著。那扇門高入雲間，兩扇門中雕刻著兩條在雲中相互纏繞的飛龍……

Lies and Love
【第十一章】

風暮音目瞪口呆地看著那扇直達天際的黑色大門。

那是靜默之門，通往魔界的入口。

「為什麼會在這裡？」雖然不是第一次見到這扇門，但是它這次的出現讓風暮音更加吃驚。

風暮音記得第一次它的出現，是因為父親留給她的那塊水晶徽章。想到這裡，她連忙摸了摸脖子，果然掛在上頭的水晶不見了。

「妳在找這個嗎？」金晨輝把手遞到她面前：「這個剛才突然發光還飄起來，真是嚇了我一跳！」

水晶完好地躺在晨輝手心裡，還散發著淡淡的七彩光芒。而在風暮音接過來的瞬間，包裹在水晶周圍的光芒立刻消失，變回了原本晶瑩剔透的樣子。

「這是什麼？看起來不像普通的水晶。」金晨輝好奇地問她。

「我父親留給我的東西。」風暮音握緊了那塊水晶，忽然忐忑不安起來。

「不管了。」金晨輝拉著她往前走：「暮音，我們走吧！」

「走？」風暮音疑惑地看著金晨輝，「去哪裡？」

「暮音不是想去救父親嗎？」金晨輝歪著頭道：「我們現在就出發吧！」

「等等！」風暮音停下了被她拉動的腳步：「這件事妳是怎麼知道的？」

「妳自己告訴我的啊！」金晨輝好像興奮過了頭：「昨天晚上，不，應該說是今天早上了。

妳跟我說了妳的心願，我才知道妳有這麼艱鉅的人生目標要完成，和妳相比，我實在是太沒出息了！」

「……早上？……目標？」風暮音愕然地重複，腦子裡開始浮現了什麼。

暮音，妳現在最大的心願是什麼？

最大的心願？我爸爸被魔王關在魔界，我想救他出來。

啊？這麼誇張啊？能說給我聽聽嗎？

然後……她就什麼都說了……

「暮音，妳是喝了酒就會說實話的類型。」金晨輝注意到風暮音表情的變化，安慰她說：「其實這是個很不錯的優點。」

「妳到底想幹什麼？」風暮音站在原地，不肯被她往前拖：「別開玩笑了，這不是小孩子的遊戲！」

「妳又來了！」金晨輝瞪著她：「我說過多少次了，不許說我是小孩子！」

「好了。」風暮音甩開她的手：「就算妳是大人也一樣，妳根本就不瞭解其中的危險。」

「我是不瞭解，所以我不害怕啊！」金晨輝雙眼放光地盯著她：「我很想幫助妳，所以就算有危險也沒關係。」

「什麼沒關係？」風暮音簡直就是敗給她了：「關係到生命安全，生命安全妳懂嗎？妳知道那是什麼地方嗎？妳很有可能會沒命的知不知道？」

「那又怎麼樣？」金晨輝就是一臉不在乎的表情說：「我不在乎。」

「笨蛋！」風暮音一巴掌拍在她頭上：「不許說這種無聊的話！」

金晨輝的頭被風暮音打偏了過去，柔軟的頭髮遮住了她的表情，她就這麼一直保持偏著頭的姿勢，半天也沒動。

「喂！」風暮音看了看自己的手，不覺得那種力度會造成什麼傷害：「妳沒事吧？」

「我不在乎。」金晨輝悶悶的聲音傳了過來：「反正我什麼都沒有了。」

「真是沒用！」風暮音看到她這個樣子，心裡不太舒服：「受了一點挫折就自暴自棄，妳都不覺得羞恥嗎？」

「不會啊。」金晨輝輕聲地回答：「昨晚我已經用光了所有的勇氣和自尊，所以不會覺得羞恥，只是很難過而已……」

「對不起……」雖然風暮音覺得這樣最好，但畢竟是她鼓勵金晨輝去說清楚的，現在看到對方半死不活的樣子，她還是會有罪惡感：「早知道妳會這麼傷心，昨天晚上我就不會……」

「我不是在怪妳，其實我早就知道結果會是這樣，只是原先我把自己想得太堅強了。」金晨輝抬起頭深吸了口氣：「所以呢，我決定要找一個能讓自己振作起來的目標。」

「就算是這樣，妳也可以找其他的目標，比如說社會工作者之類，那不是更有意義嗎？」風暮音頭痛地說：「我的事已經夠混亂了，妳何必摻和進來呢？」

「暮音，妳是不是覺得我很沒用，才這麼說的？」

「我不是……」看著她臉上哀怨沮喪的表情，風暮音無奈地嘆氣：「我的意思是如果沒有鑰匙，就算找到了這扇大門也沒什麼用。」

「鑰匙？」金晨輝眼睛轉了轉，然後從口袋裡掏出來一樣東西：「妳是說這個嗎？」

一塊不太起眼的黑色石板。

風暮音驚訝地看著她：「妳怎麼會有這個？」

「不然妳以為我剛才去幹什麼了？」金晨輝搖晃著手裡的黑色石板，笑咪咪地對風暮音說：「這是栗子蛋糕的謝禮！」

「妳是去……來的？」那個字，風暮音說不出口：「妳怎麼——」

「不用太感激我喔。」晨輝的表情可以說是得意洋洋：「其實我只是照著妳說的樣子，沒費多大功夫就找到了。」

「你真是個笨蛋，問題不在這裡！」風暮音覺得自己的眼角抽搐了幾下：「妳這麼做，要是被金先生知道了……」

「這是報復。」晨輝的眼皮半垂著，神情詭異地說：「誰叫他傷害我純潔的心靈！」

不知道為什麼，風暮音忽然覺得，也許金先生才是比較可憐的那一個……

「不行不行！」風暮音甩甩頭，努力保持清醒：「妳必須把這個還回去。」

「我問過妳，妳說妳想去魔界，就算是沒有能力把父親救回來，也想盡最大的力量去嘗試。」金晨輝站在風暮音面前，拉過她的手，然後把那塊石板放進她手裡：「在看到暮音妳堅定的表情時，我就決定要幫妳完成這個心願了。」

「可是，妳和金先生的關係就已經很複雜了，根本沒必要為我做這樣的事……」風暮音嘆氣：「我的事我自己會想辦法，妳還是別管了。」

「我和他沒有關係了。」

「什麼？」風暮音一下子沒聽懂。

「我拿了這個以後直接去了報社。」金晨輝撇了撇嘴：「我和他完全沒關係了！」

「等等，妳再說清楚一點好不好？」風暮音不明白他們的事為什麼能和報社扯到一起。

「他收養我的時候沒有辦什麼正式手續，我身分證上的父親一欄也沒有他的名字，但他始終堅持自己是我父親。」金晨輝翻了個白眼：「既然這樣，我就去登報說因為他的長期虐待，我要和他脫離父女關係，看他還有什麼話說。」

「這樣也可以？」風暮音不知道該說什麼好了：「他會很生氣吧！」

「氣死他最好！」金晨輝惡狠狠地說：「誰叫他……」

「傷害了妳純潔的心靈。」風暮音幫她說完，然後在心裡同情了一下家門不幸的金先生。

「暮音，我想來想去還是妳對我最好！」金晨輝突然撲向風暮音說：「我決定和妳一起去闖蕩江湖，再也不管這些討厭的兒女私情了！」

「妳腦袋果然有問題……」風暮音無力地看著她。

「我覺得人應該要相信直覺，想做什麼就立刻去做。」她朝風暮音燦爛地微笑著：「不過，最終還是要由妳決定……天就要亮了，妳看著辦吧！」

風暮音直覺地收攏手掌，直到石板的稜角刺痛了她的手心……

黎明到來時，她還是舉起了石板，把有字的一面朝向東方。當第一縷陽光照射過來，石板發出了強烈的光芒。

她最終還是順從了自己心底的願望，哪怕成功的機率極為渺茫，哪怕等待著的是致命危險，她也不願因為猶豫而後悔一生。

風暮音側過臉避開刺痛自己眼睛的光芒，只見金晨輝一動不動地站在那裡，滿臉驚訝地看著靜默之門打開。坦然站在耀眼光芒中的金晨輝，讓她既是驚訝又感到疑惑。

不是說成長經歷以及周圍環境，對一個人的性格會有很大的影響嗎？

陰沉古怪的金先生、詭異的宅院、單純開朗的晨輝，這三者的組合，總讓人覺得不可思議。

「晨輝，妳要不要再考慮一下？」在踏進大門前，風暮音又問了一次。

「怎麼辦……好緊張啊！」金晨輝好像什麼都沒聽見，拖著風暮音就往裡面去：「魔界魔界魔界……」

過於興奮的語氣和那個特大號的背包，使風暮音不得不懷疑，對方把這次當成了再普通不過的郊遊……

就和前次經歷過的一樣，走進那扇門，眼前閃過一陣白光，瞬間就能到達不同的世界。只不過這一次在她身邊的，不再是那個人……風暮音慢慢睜開眼睛，金晨輝的笑臉出現在面前。

「咦？」晨輝突然指著她喊：「暮音，妳的眼睛怎麼了？」

「眼睛？」接過及時遞來的鏡子照了一下，風暮音有些愕然：「變回來了……」

瞳孔不再是鮮明的紫色，而是變回了最初的深黑。

「雖然紫色的眼睛是很特別。」晨輝盯著她看來看去：「不過暮音的臉配上黑色眼睛也很不錯呢！」

風暮音怔了一下，沒有回話，只是把鏡子遞了回去。

「這就是魔界啊！」金晨輝察覺到了她的不自然，急忙岔開話題：「怎麼和我想的完全不一樣？」

「是不對。」風暮音仔細觀察了周圍。

「啊？」

「好像出了什麼問題。」風暮音解釋道：「我所知道的魔界，絕對和這裡不同。」

這裡也許曾經富麗堂皇宛如宮殿，但現在只剩一片虛無，四處都是綠色的藤蔓，腳下隱約可見的大理石裂痕斑駁，應該是在很久以前就被荒棄，少有人踏足。

「妳是說這裡不是魔界？」晨輝瞪大了眼。

風暮音拉開那些茂密糾結的枝藤，一點一點的綠色光芒飄散出來，先是繞著她的手指打轉，再緩慢地往上飄去，她跟著慢慢抬頭，看到了屋頂中央的彩色繪畫。

藤蔓圍繞中，面對面站著的兩人分別佔據了屋頂的一半，他們身後是海洋和天空，周圍被淡淡的雲霧包圍著，像是站在高高的雲端之上。

兩人都帶著誇張的冠冕，垂落的飾物遮住了他們大部分的容貌，一個全身白色，一個全身黑色，他們互朝對方伸出手，手裡都握著書卷一樣的東西。

雖然時間讓原本鮮豔的顏色褪去，但從氣勢磅礡的背景到華麗真實的用色，不論是人物的姿態或者衣飾的紋理，畫面中每一個微小的細節都是那麼栩栩如生。

「我不確定是或不是，只是感覺不太對。」明知道那高度無法觸碰得到，風暮音還是朝半空伸出了手，喃喃地問著：「妳感覺到了嗎？周圍的空氣……」

「好美的地方，空氣真是新鮮！」

風暮音轉過身，發現金晨輝不知什麼時候跑了出去，正在門外伸著懶腰，一副神清氣爽的樣子。

「晨輝！」風暮音趕緊跟了過去：「我們還不清楚這是什麼地方，妳千萬不要亂跑，知道嗎？」

還沒有走出大門，輕柔的風已經吹了過來。

當風暮音撩開被風吹亂的頭髮，眼前一切讓她以為自己來到了童話中的仙境。其實她只看到了綠色的樹木和藍色的天空，但那樣純淨的綠和澄澈的藍，只有夢裡才能見到……

風暮音恍惚了片刻，才注意到身旁高大的白色立柱和刻著精美浮雕的外牆，她轉過身，仰望著這棟高大的類似於神殿的建築。如果說剛才她還不能肯定，那麼現在她敢肯定這裡一定不是魔界。

「為什麼會這樣？」風暮音迷惑地看著眼前一切：「這裡究竟是什麼……」

「啊！」金晨輝忽然大叫一聲，蹲下身把背包裡的東西全倒了出來。

風暮音不看還好，看了差點吐血。

「金晨輝，妳最好說清楚。」她看看地上的那些東西後，把視線移到了金晨輝臉上：「到底是怎麼回事！」

「有差嗎？」金晨輝蹲在那裡歪著頭，很苦惱地說：「不都是一樣的？」

「一樣的？」她想不明白自己為什麼一時昏頭居然信了這個根本靠不住的笨蛋：「妳確定是一樣的嗎？」

「我當時還很奇怪為什麼有這麼多石板呢！」金晨輝用拳頭捶了一下手心，作恍然大悟狀：「原來不是全都一樣啊！」

地上躺滿了黑色小石板，少說也有十幾二十塊。

聽到對方這麼說，風暮音立刻覺得有一片烏雲籠罩在頭頂上。

「妳還真是一點也不客氣。」不過她也已經沒什麼力氣發火了：「妳把所有能找到的都拿來給我備用，我該怎麼感激妳呢？」

「不用太客氣啦！」金晨輝摸著頭說：「我也沒幫上什麼忙。」

「原來妳也知道啊！」風暮音很辛苦地忍耐，才沒有伸腳踹她：「妳不給我添麻煩我已經謝天謝地了！」

「那現在怎麼辦？」金晨輝蹲在地上，可憐兮兮地望著她：「暮音妳是不是在生我的氣？」

「都已經這樣了，我生氣也什麼沒用。」風暮音朝前面張望了一下，無法設想那條隱沒在綠色間的小路是通往哪裡。她想了想，回頭對金晨輝說：「我的力量很不穩定，但這個地方好像……妳最好試試力量有沒有受到影響。」

金晨輝點點頭站了起來，閉上眼集中精神。

「不行，感覺像是被什麼東西壓制住了。」片刻之後，晨輝睜開了眼：「不如我們出去外面，找個人問一下好了。」

「別想得這麼簡單。」風暮音都不知道說她什麼好，只能在暗地裡嘆氣：「不知道這是什麼地方，隨意走動說不定會有危險。」

「那要怎麼辦？」

「在這裡等，說不定下一個黎明的時候，靜默之門會再次出現。」這是最穩妥也是最安全的辦法。

「真是沒勁，既然到了神祕的地方，就應該去探險嘛！」

「妳在嘀嘀咕咕什麼呢！」風暮音希望自己再也不要聽到這個闖禍精說的任何話了：「我們被困在這鬼地方全是拜妳所賜，拜託別再給我惹麻煩了！」

「是，長官！」金晨輝跺了下腳，朝風暮音行了一個軍禮：「我保證聽從妳的命令！」

「我就知道你有病……」風暮音扶著額頭，無力地呻吟著。

正傷腦筋時，有一種奇怪的感覺闖進了風暮音的意識裡。

「別出聲！」她立刻抓起金晨輝，連人帶背包一起躲到了最邊緣的那根立柱後面，輕聲地說：「好像有人來了。」

金晨輝剛想說話，風暮音早有準備地捂住了她的嘴巴。

等了很久，久到金晨輝使勁瞪風暮音，久到風暮音以為那種感覺是錯誤的時候，從那條小路的盡頭，傳來了緩慢的腳步聲。兩人互看一眼，金晨輝的眼裡透出了欣喜，風暮音趕緊抓著她往柱子後面拖了一點。

隨著聲音靠近，一個灰色的身影出現在視線裡。這人穿著一件長長的灰色斗篷，斗篷的帽子遮住了他的模樣。

兩人只能看見這個人走到離她們不遠的那片空地上停下，抬頭看了看天空，然後就不動了。晨輝好奇地伸出頭看，被風暮音用力地拉了回來。

看樣子，那個人應該是在等人，他的耐性也不是一般的好，一站就站了半個小時。

雖然不知道這個人在等什麼，甚至不知道自己為什麼要蹲在這裡看，風暮音就是覺得貿然讓人發現是不明智的。等到她看得有些無聊，才注意到身邊的金晨輝很久沒動靜了，她回頭一看，才發現那傢伙早就靠在她的背上睡著了。

又半個小時過去，風暮音掩住嘴打了個哈欠。她正在考慮是不是應該不放棄這種毫無理由的窺視，站在那裡的人突然再一次抬起頭往上看，她也就跟著往天空看去。

天上先是一個有黑點，轉眼之間就變得清晰可見。等看清之後，風暮音瞪大了眼，盡力克制著才沒有「啊」出聲來。

Lies and Love
【第十二章】

風暮音從來沒看過這麼大的飛禽。

光是伸展開來的翅膀也有兩公尺多，樣子有點像巨鷹，但看起來似乎比鷹銳利和凶悍許多。這只碩大無比的鳥降落時和直升機有得比，揚起的風把四周樹木吹得不斷搖動。

細碎的草屑和樹葉四處飛散，風暮音不得不捂住了口鼻。靠在她背上的金晨輝也被驚醒了過來，剛睜開眼迷迷糊糊地想說話，被風暮音及時伸手捂住了嘴。

那隻灰白色的大鳥收起了長長的翅膀，撲騰了幾下後在空地上降落。風暮音這才看見它尖銳的嘴被皮革套子箍住了，背上還有皮質的鞍，連著帶子纏繞在它的脖子和胸前。有一個人站在鳥背的鞍上，手裡抓著環繞在鳥脖子上的韁繩。那個人手一拉，大鳥便溫馴地半跪在地。

直到金晨輝拚命拉扯她的衣服，風暮音才發覺自己把她的頭壓在裝滿石板的背包上。風暮音嚇了一跳，連忙鬆開手。

金晨輝好不容易緩過氣，正想大叫謀殺，卻看風暮音緊張地把手指放在嘴上，示意不要出聲。她一下子來了精神，興奮地趴在風暮音身邊往外看去。

乘著大鳥而來的是個黑色長髮男人，只見他走到灰斗篷的身邊開始交談，因為距離較遠，兩人完全聽不清楚他們談話的內容。

風暮音試著集中注意力，耳中原本細微雜亂的聲音漸漸清晰起來。

「都準備好了嗎？」黑頭髮的男人低聲地詢問著。

「是的。」灰斗篷彎腰行禮，態度顯得很恭敬，看起來顯然是黑髮男人的地位較高：「一切都按照您的吩咐安排好了。」

「很好。」黑頭髮點了點頭：「費了這麼多的功夫，我不希望發生任何意外。」

「是！」灰斗篷有些猶豫地問：「只是不知道在什麼地方動手比較好？」

「都到了這個時候，你還要在我面前裝糊塗？」黑髮男冷冷地笑了一聲：「你應該知道，我最近壓力很大，心情並不是很好。」

「這……」灰斗篷的聲音僵了一下：「但是在這裡也太明顯了……」

「他們比你想得精明多了，你真以為另外做些手腳就瞞得過去？」黑髮男人的聲音裡帶著某種陰謀感：「何況我既然動手，又選擇在這個地方，目的就是要讓他們知道這是誰的意思。」

「我不是擔心這個。」灰斗篷似乎還想為自己辯駁：「如果說雅希漠大人出面追究……結果可能會十分難堪。」

「雅希漠不是傻瓜，在這種微妙的時刻，就算他心裡再不滿，也不會公開沾上這種麻煩事。」黑髮男已經很不耐煩了：「雖然我可以體諒你有別的心思，但我要先提醒你，和平也需要付出一定的代價。」

「是！」灰斗篷沉重低下了頭：「我知道該怎麼做了。」

這段對話風暮音聽沒聽見其實沒區別，因為她根本不知道兩人在說些什麼。只是敏銳的直覺告訴她，這兩人正在說的事應該極度重要。

啪！

風暮音順著聲音回頭，只見地上有一隻被打扁的小蟲，而金晨輝手裡拿著一隻鞋子，正無辜地看著她。

「什麼人！」

顯然不只風暮音聽到，黑髮男也在第一時間看向了她們這裡。

風暮音的視線和黑髮男撞了個正著，她清楚地看到了對方驚訝的表情。一愣之後，風暮音顧不上罵人，只能急忙拉起金晨輝往建築後面跑去。

「你們是哪一族的？居然敢擅自闖進盟約神殿！」隱約聽到有人在後面喊。

風暮音毫不理會，徑直拖著金晨輝繞過屋子，跑進了那片茂密的樹林，希望能夠借著樹木的掩護躲藏或逃走。

「暮音！」顯然有人還搞不清楚處境，還興奮地叫嚷著：「我們好像來到了意想不到的地方呢！」

「閉嘴！」風暮音用力拽了她一把：「有力氣說話就跑快一點！」

頭頂傳來拍打翅膀的聲音，顯然是那個人追來了，風暮音連忙拉著金晨輝鑽進了一片繁茂的灌木中。

「我們這樣好像被老鷹追的兔子！」金晨輝上氣不接下氣地問：「我們到底為什麼要逃跑啊？」

為什麼要跑？因為她在那男人眼中看到了毫不掩飾的殺意，直覺被抓住的下場一定會很慘。除了逃跑，她想不出其他應付的辦法了，只能拖著金晨輝拚命逃竄。

眼前突然出現了光亮，風暮音的腳毫無準備地往前一滑，要不是金晨輝及時抓住了她，她差點就摔了下去。

「暮音。」金晨輝的聲音有點顫抖，風暮音跟著她往下看去，頓時倒抽了一口涼氣。她們腳下居然是翻滾的雲層，透過雲層的空隙，甚至能夠看到碧藍的海洋。

誰能想到，灌木之後居然會是懸崖，而她們又會出現在一座山上呢？

風暮音還在發呆時，一股氣流從懸崖下湧了上來，她有些發軟的腿支援不住，一下子坐倒在地。

一雙尖利的爪子勾在懸崖邊緣，碩大的灰白色大鳥用牠銳利的目光緊盯著兩人，就像盯著自己的獵物一樣。

再往上看，男人的衣服在猛烈的風中肆意飛舞，那張深刻英俊的臉上卻帶著出乎意料的柔和笑容。

「很抱歉驚嚇了兩位。」這個人的語氣甚至說得上彬彬有禮：「我能否知道，為什麼兩位小姐這麼急著離開呢？」

「我們不認識你。」風暮音慢慢站起身，用手拍了拍衣服的塵土：「也不明白你在說什麼。」

「是嗎？那你們也一定不知道這是什麼地方了？」那個人仔細地打量著風暮音和金晨輝：「兩位看起來不像是本地居民，是從邊遠地區來的異族嗎？」

「可以這麼說。」風暮音拉著金晨輝退後了幾步：「我和我妹妹迷路了，所以才想在那裡休息一下。」

「迷路？」黑髮男有一雙明亮的金色眼睛，目光極其銳利：「這個理由太奇特了，我不太能接受。」

「為什麼不能在這裡迷路啊？」風暮音身後的金晨輝探出頭，不服氣地說：「我們兩個是超級路痴又關你什麼事？」

如果不是氣氛緊張，風暮音真的想誇獎一下她的幽默感。

「你們不知道嗎？」黑髮男說話的聲音越發溫和起來，好像生怕嚇著了她們：「這裡是盟約神殿，未得允許不能進入的地方。」

「我們的確不知道這裡是不能來的。」這次風暮音搶在晨輝之前發言：「很感謝你告訴我們，我們馬上就會離開的。」

「我想妳不明白我說的『不能』是什麼意思。」黑髮男說出這句話時，風暮音只感覺到一股強大的力量從他身上散了出來，籠罩在了自己和金晨輝的周圍。

黑髮男繼續不緊不慢地說：「看妳們的衣飾打扮，和我印象中的異族區別很大，妳們到底是從什麼地方來的？」

風暮音隱約能夠感覺得到，這人似乎做出了對她們來說非常糟糕的決定。她的心往下一沉，拉著金晨輝的手往後一拖，決定先讓她先離開再說。

「必殺！」金晨輝突然大叫了一聲，掙開她飛快往前衝去。

風暮音被她的舉動嚇了一跳，沒能來得及伸手拉住她，只能眼睜睜地看著她衝到崖邊，手裡拿著一個什麼東西就噴了過去……然後，風暮音看著那個好像很不簡單的男人因為無法安撫突然狂性發作的大鳥，連鳥帶人地掉下了懸崖。

「妳噴了什麼？」風暮音不解地問著晨輝。

「防狼噴霧。」晨輝很自豪地向她展示防身武器：「一切禽獸的剋星！」

回到原處，值得慶幸的是那個灰斗篷已經不在了，不過她們也不能冒險繼續留在這裡了。

在晨輝的一再堅持下，風暮音只能同意她帶上那個「說不定什麼時候能派上用場」的特大背包上路。

「暮音，妳說這裡究竟是什麼地方呢？」晨輝疑惑地問。

「我也不知道。」風暮音同樣茫然地回答她。

絲絲光芒從樹蔭中穿透，周圍有些幽暗，但是就像童話故事裡描寫的仙境一樣，這片安寧祥和的森林裡，到處都是美麗奇異的樹木花草，連那些昆蟲看起來都和她們日常見慣的完全不同。

「咦……看那裡！」晨輝突然喊了一聲，而風暮音也同時看到了那個發著耀眼光亮的出口。

好像是出口，又好像不是，那像是一層泛著光芒的透明玻璃，隔著能夠看到森林外平坦寬闊的大路，甚至遠處建築的輪廓，但也像是一道屏障，讓人感覺難以穿越。

金晨輝有些緊張地伸出手，輕輕地觸了一下那道光壁，那些光立刻像水一樣包裹住了她的身體，她緊張卻順利地走了出去。

金晨輝在外面開心地招呼風暮音過去，風暮音也試著像她一樣伸出了手指，指尖卻像撞在了一面無形的牆壁上，生生被擋住了。

兩個人都怔在了那裡，不明白為什麼會這樣。金晨輝試圖再次進來時，卻被擋在了外面。她心裡有點慌，站在外面對風暮音說了什麼，但風暮音一個字也聽不見。

風暮音換了一隻手又試，這次情況倒是變得完全不同，她雖然同樣感覺到了抗拒，手指卻能夠慢慢穿透過去，接著是手腕、手臂和肩膀，最後是整個身體。

等到風暮音穿過了那道光壁後，她的手腕上發出了綠色的光芒，接著那道光芒做成的牆壁就像融化一樣，如同水一樣流淌下來，最後消失在土裡。

「怎麼會……」風暮音看了看自己的手，覺得這不太像是自然現象。

「那個好像不便宜。」金晨輝拖著她就跑：「我們又賠不起，被抓到就慘了！」

十分鐘後。

「暮音。」金晨輝又問了一次：「這裡究竟是什麼地方？」

「不用再問了，我和妳一樣，什麼也不知道。」風暮音還是一樣茫然地回答。

她們正站在一塊岩石上，眺望著遠處的城市。原本見到城市的喜悅，轉身間消失殆盡。

只是換了一個角度，景致全然不同了。

近處又或是遠處，一座座的山峰飄浮於空中，高高低低的，一座連著一座。它們之間的距離像是相同，又像是完全不同。雲霧穿梭在這些山峰間，它們呈環行排列到她們看不見的地方為止。所能看到的就已經有三座，而風暮音相信在自己看不見的地方，還有更多的這樣的飄浮山峰存在著。

「我們好像在動呢！」金晨輝大聲地喊著：「暮音，妳看到了沒有？我們和那些山一樣在動呢！」

雖然緩慢到幾乎無法察覺，但只要集中注意力就能發現，她們的確是在上升。而且不止是她們，那些飄浮的山峰也是，它們在移動，一些緩慢上升，而另一些則相反。

「天啊！好奇妙！」金晨輝始終是一臉「我是不是在做夢」的表情：「暮音，我們來到了多麼神奇的地方啊！」

「我只想知道，這究竟是什麼地方？」風暮音無法體會到她的激動，從到達這裡開始，不安就在她心裡急速增長……

「這裡是縹緲城的十二衛城之一，是屬於蒼穹之王的領地。」

「看來溝通還是有障礙啊！」金晨輝朝著天空喃喃自語：「為什麼我每個字都聽得懂，卻不明白這些人在說什麼呢？」

「什麼蒼穹之王？」風暮音也是第一次聽說這個名詞，跟著疑惑了起來。

「妳們這些偏遠地區的異族，竟然連蒼穹之王的名字也沒聽過！」回答她們的是一個神情傲慢的美麗少女，她在說完這句話後輕蔑地看了兩人一眼後，轉身就走。

晨輝朝著那個背影聳了聳肩，又翻了個白眼。

自從離開森林，走上通往那座城市的平坦大路開始，不論男女老少，她們所看到的每一個人都很有禮貌，只是每個人身上也都帶著某種相似的傲慢和冷淡。雖然這些人都會對她們的詢問予以回應，眼神裡卻明顯帶著不耐煩和鄙夷。

一看就知道，他們不但對外來的人沒有好感，更是看不起兩個衣著古怪，還蓬頭垢面的「偏遠地區來的異族」。

「我們真的要進去嗎？」金晨輝終於開始擔心了：「問了這麼多人，我們還是什麼都不知道啊！」

「我們沒有選擇。」風暮音回頭看了一下已在遠處的森林：「如果那個人追上來，人多的地方比較難下手。」

「妳確定嗎？」金晨輝皺著眉頭：「如果說這些人和他都是一伙的，我們不就是跳進火坑了嗎？」

「他和那個灰斗篷在隱祕的地方見面，一定是要做什麼見不得光的事情。」風暮音抬起頭，看著已經就在眼前的城市：「所以，應該是人多的地方對我們比較有利。」

這座城市就和她們沿路看到的事物一樣奇特。所有建築都是用灰色石塊建造而成，看起來整齊而美觀，街邊花壇裡種植著各式美麗花卉，空氣中有著淡淡的花草清香。每一條街道都很乾淨，每一樣東西井井有條，在這個地方，你無法尋找到任何髒亂的跡象。

這裡的人都有著不錯的外表，也許並不是每個人都非常美麗，但是你絕不會將他們和「醜陋」一詞聯想在一起。要說有什麼特別的，就是他們髮色和瞳色千奇百怪，包括想像得到或想像不到的都有。

這些人穿著樣式奇怪但極其乾淨的衣服，臉上都帶著禮貌的笑容，在相互經過時點頭問好。一切似乎在說，這是一座充滿了美麗和秩序、又不失友善的城市，但是……

「啊啊！有翅膀的馬！」金晨輝又大驚小怪了。

風暮音跟隨著她的視線看去，正好看見兩匹有翼的馬拉著一輛車子從自己頭頂飛過。

「暮音，妳看！」金晨輝興奮地抓住她：「那個人的頭髮是粉紅色的，看起來好奇怪喔！」

「晨輝。」意識到金晨輝的喊聲已經讓她們變成了目光焦點，風暮音輕輕地拉了她一下。

金晨輝連忙捂住了嘴，但是一雙眼睛依舊充滿驚奇地左顧右盼。

她們沿著街道走到了一片廣場，廣場中央有一塊天然結晶模樣的巨大水晶立在那裡。那種隨著光線折射不斷變幻著深淺的綠色，讓風暮音想起了……

「天青。」她近乎無聲地念出了這個名字。

一股劇烈的疼痛從背後襲來，風暮音悶哼了一聲，雙腿支撐不住全身的重量，屈膝跪倒在石板鋪成的地面上。

「暮音！」本來還在東張西望的金晨輝嚇壞了：「妳臉色好難看！妳怎麼了？」

「有人受傷了嗎？」一旁有人在問，隨即起了一陣騷動，人群三三兩兩地圍了過來。

「晨輝……」風暮音聽不到金晨輝在說什麼，只能用盡力氣囑咐她：「千萬不要亂說話……」

【第十三章】
Lies
and
Love

風暮音趴在地上無法動彈，只能呆呆地看著面前繡著漂亮圖案的衣角和散在地面上的長長銀髮。

她伸出了手，想偷偷碰一下那像閃耀著光芒一樣的美麗頭髮。但是她的手立刻就被一隻腳踩住了，好痛好痛……

「暮音，妳到底哪裡在痛啊！」一道充滿了焦急憂慮的聲音傳進風暮音的意識深處。

風暮音努力撐開了沉重的眼皮，眼前出現一片混亂的色彩。

「妳醒了嗎？」那個聲音靠近了她。

「晨輝？」她伸出了手。

「我在這裡。」一雙溫熱的手握了上來。

「我什麼都看不到。」

「看不到……」金晨輝慌張地問：「怎麼會呢？」

聽到對方驚慌失措的聲音，風暮音反倒慢慢冷靜了下來。

「晨輝，妳別慌！」風暮音拉住她，又慢慢地閉上了眼：「我沒事的，過會就好。」

「真的嗎？」

風暮音揉了揉鼻梁，再次睜開了眼，這次金晨輝緊張的神情終於映入了她的視線。

「別靠這麼近。」她直覺地推開對方太過靠近的腦袋。

「太好了！」金晨輝一下子跪倒在床邊，整個人趴到風暮音躺著的床上，大大地喘了口氣：「暮音，妳真是嚇死我了！」

「這裡……」風暮音坐起身，看了看簡單卻雅致的房間：「是什麼地方？」

「這是提供給旅行者住宿的旅店。」金晨輝還是趴在床上，把臉朝著她說：「我總不能讓妳一直躺在大街上吧！」

「也是。」風暮音點點頭，注意到金晨輝身上樣式奇特的衣服：「妳沒有趁我昏迷的時候，又做了什麼奇怪的事吧？」

「什麼嘛！」金晨輝不滿地嘀咕：「妳怎麼總把我當成笨蛋？」

「妳本來就是。」風暮音冷冷地回答。

「妳都不知道我有多聰明。」金晨輝把頭埋到床上的毯子裡：「暮音妳最討厭了！」

「我睡了多久？」

「接近兩天了。」金晨輝抬起頭：「妳沒事吧？為什麼會無緣無故——」

「既然妳那麼聰明，有沒有打聽到這裡究竟是什麼地方？」風暮音打斷了話題。

「說真的，那些人的話我是聽得懂，不過理解起來很有難度。」金晨輝站起來，低頭想了想：「這裡附近的某個大城叫做縹緲之城，在它的四周環繞著十二座較小的城市，就好像那座縹緲城的附屬城市一樣，像這裡就是其中之一。」

「只有這些嗎？」

「這裡只是一個小城市，很少有外來者。如果我說我們是從另一世界來的，好像有點奇怪，反正他們把我們當成了從偏鄉來的土包子，我就隨便他們說了。」金晨輝很煩惱似地抓了抓頭：「妳一直昏迷不醒，我又不敢讓這裡的醫生幫妳看病，只能說我和妳是在旅行途中被搶劫了，妳是因為體力透支才暈倒，只要睡飽就沒事了。」

「很好。」風暮音略微地鬆了口氣：「妳這麼做是對的。」

「不過，暮音。」金晨輝跪坐在床邊：「接下來該怎麼辦呢？」

「靜默之門還是沒有出現嗎？」看到金晨輝搖頭，風暮音的臉沉了下去。

「我在想，是不是有什麼條件限制呢？說不定只有在我們來的那個地方，那個門才能出現之類。」

「的確很有可能……」風暮音皺了皺眉：「那我們還是要回到原來那裡了。」

「對不起。」這個時候，門外傳來了敲門和說話的聲音：「請問我可以進去嗎？」

「等一下！」風暮音還沒有反應過來，金晨輝一下就把她推倒，還用毯子嚴嚴實實地把她整個人裹了起來，只留頭在外面，最後居然還在被子上面蓋了件很厚的外套。

金晨輝前去開門前好像還用口形對風暮音說了什麼，可惜她們默契不夠，風暮音根本看不懂那是什麼意思。她正想開口詢問時，金晨輝已經開了門。

「他真的醒了嗎？」那個陌生的聲音裡充滿了喜悅：「那我把這些拿進去可以嗎？」

「那就謝謝妳了。」先走過來的是金晨輝，跟在她身後的是一個穿著藍色長裙，年齡約十五六歲的女孩。

女孩的手裡拿著一個托盤，上面放了些衣服什麼的。

那個女孩對上風暮音打量的目光，趕緊紅著臉低下了頭。

風暮音把質疑的目光移向金晨輝，只見她別有用心地眨著眼，心底突然升起一種不祥的預感。

「哥哥，我來介紹一下。」金晨輝突然跳到風暮音面前說：「這是妮絲，這家旅店老闆的小女兒。妮絲，這是我哥哥暮音。」

「你……你好！」那個小女孩紅著臉對風暮音說：「你感覺好些了嗎？」

「哥哥？」風暮音挑起眉看向金晨輝，見她朝自己用力點頭，只能淡淡地答了一句：「謝謝妳，我很好。」

她用眼神詢問金晨輝，自己為什麼會變成「哥哥」？但不知道對方是沒看見還是刻意無視她，只是邊詭異地微笑邊接過女孩手裡的托盤。

「這是我……哥哥的衣服，我想應該……應該合身的，還有，你……肚子餓了嗎？」那個叫妮絲的女孩還是低著頭，雙手拉扯著衣角，結結巴巴地對風暮音說：「我去給你……拿點吃的……」

「實在太感謝了！」風暮音還沒回答，金晨輝已經搶著嚷嚷：「他已經餓壞了，恐怕要麻煩妳快一點！」

「好……好的！」那個女孩抬頭看了風暮音一眼，緊張地說：「我這就去！」

「謝謝你，妮絲小姐。」在她跑到門邊時風暮音說。

「不……不用客氣！」妮絲的臉一下子紅得像番茄一樣，朝風暮音鞠了個躬後慌慌張張地出去了。

「晨輝……」

「太好了，暮音還是一樣受歡迎呢！」金晨輝關上門，然後背靠在門上大大地呼出一口氣：「這樣就不愁沒錢付帳的問題了！」

「妳果然做了奇怪的事，對不對！」風暮音拉開毯子坐了起來：「到底怎麼回事？」

「先別生氣，好好聽我說嘛！」金晨輝跑回床前按住了她。

「好，妳說。」風暮音抬起眼睛：「我是什麼時候變成『哥哥』的？」

「從妳昏過去，我不知道怎麼辦開始。」晨輝一臉無奈地說：「我也不知道為什麼那些人會說妳是男生……」

風暮音順著她的目光看了一下床上的那件厚實的黑色外套，知道自己又被看錯了性別。

「不過當時我在想，要是妳真的被誤認，對我們來說可能更好，」金晨輝的眼睛又開始發光：

「所以我都沒有反駁，順便把妳說成我哥哥了。」

「或許……」如果說森林裡的那個人不打算放過她們的話，換一下身分也許有點用。

「妳都沒看到我把妳的臉擦乾淨以後，那些女孩們的表情！」晨輝挺興奮地說：「那個時候，我就知道哪怕我們沒有這裡的錢，也不用擔心露宿街頭了！」

果然，不該把她想得太聰明……

「不過，妳接下來準備怎麼辦呢，我的妹妹！」風暮音走到送來的托盤那邊，拿起了那套不是很厚的衣服：「這裡的天氣好像很暖和，難道妳要讓我一直穿著高領毛衣和那件髒外套嗎？」

「這點我有想過。」金晨輝居然沒有露出為難的表情，反而用一種不懷好意的目光上上下下看著她：「就要委屈妳了呢！我英俊的『哥哥』！」

風暮音的背脊上竄過一陣惡寒……

「該死的！」風暮音覺得自己快喘不過氣了：「金晨輝，妳是想殺了我嗎！」

「馬上就好了，妳忍耐一下！」金晨輝用力勒緊著布條，一隻腳踩在風暮音背上，滿頭大汗地說：「這也是沒辦法的事嘛，妳總不能一直躺在床上裹著被子吧！」

「到底好了沒有？」風暮音用力抓著床頭的欄杆，臉上寫滿了痛苦：「妳到底是從哪裡學來的？」

「電影上不都是這麼演的嗎？」金晨輝擦了一下汗，喘著氣把布條固定住：「終於好了，真是要命！」

「要命？妳才是在要我的命吧！」風暮音咬牙切齒地盯著她：「看我怎麼跟妳算帳！」

「好了，再穿上這個就真的萬無一失了！」金晨輝假裝沒聽到，把背包裡的東西翻出來遞給風暮音。

「強力塑腹，讓妳的小腹平整無憂？」風暮音瞥了一眼那個神奇的背包，然後又看著她問：「為什麼會有這種東西？」

「我也不知道，反正也不占地方，就放進去了……」對著風暮音銳利的目光，金晨輝低下頭說：「好嘛！我承認我有小肚子……暮音妳好過分！」

風暮音暗暗提醒自己，不論她下次又拿出多麼奇怪的東西，都不要再問她為什麼了……否則自己不是被她氣死，就是一時衝動把她掐死，這兩者都不符合自己一貫冷靜理智的形象。

「這樣就好了！」金晨輝幫她繫好了寬闊的皮質腰帶，對著她說：「絕對沒問題。」

「真的嗎？」風暮音不確定地看了一下自己。

「暮音。」晨輝把雙手搭在風暮音的肩上：「妳要對自己有多點信心，相信我，我保證妳帥得一塌糊塗，每一個看到妳的女人都忍不住要……」

「再胡說八道，我就把妳的嘴縫起來！」風暮音揮開她的手：「在這種情況之下，妳是不是也該認真一點了？」

「我一直都很認真啊！」金晨輝黯然地看著她：「反正不論我怎麼做，在妳心裡我就是一個笨蛋。」

風暮音白了她一眼，不打算和這個沒腦子又只會惹麻煩的傢伙繼續瞎扯。但是才轉身跨出去一步，她就差點因為踩到自己的外套而英年早逝。

「小心！」金晨輝眼明手快地抓住了她。

「怎麼這麼多拖拖拉拉的東西？」風暮音用腳踢了幾下拖到地上的外套，很不耐煩地抱怨：「男人還穿什麼裙子，簡直是變態！」

「不過，暮音妳好像不是……」在風暮音的瞪視下，晨輝的聲音越來越小：「是，我是說，妳說的很對！」

她們穿過半個城市來到廣場時，已經聚集了不少人。

「還記得我怎麼跟你說的嗎？」穿過讓路的人群時，風暮音低聲地在晨輝耳邊說：「注意一點就可以了！」

金晨輝點了點頭，看樣子還挺沉著的。

妮絲以及一群年紀和她相仿的女孩站在路邊看著兩人，風暮音朝她微笑點頭，算是打招呼。

沒想到那些女孩子們反而一湧而上，把她和金晨輝圍在中間。

下一刻，嘰嘰喳喳的聲音填滿了風暮音的耳朵。

「真的是從北方來的異族……」

「一定是啦！我聽說只有北方的異族才有這種黑色的頭髮！」

「能不能讓我摸一下你的頭髮？」

「眼睛的顏色也很特別，就好像輝煌城那裡才有的黑石呢！」

「是啊是啊！還有……」

「我也要摸頭髮！」

眼前混亂的場面讓風暮音束手無策，不知怎麼應付才好。

「小姐們小姐們。」這個時候，幫她們帶路的男人咳了一聲：「能不能請你們讓一讓，主管有些話要和這位旅行者談一談。」

女孩子們不太情願地退到了一邊，風暮音心裡鬆了口氣，趕緊拖起捂嘴偷笑的晨輝快步走到了廣場中央。

「歡迎你們來到縹緲衛城。」有一位長者模樣的人站在那塊美麗的綠色水晶旁邊，還有為數不少的人站在他身後，不難看出他應該是這些人中身分最高的：「我是這座衛城的主管莫倫。」

「你好。」風暮音走到了長者面前，學著他們的樣子彎了下腰：「我是暮音，這是我妹妹晨輝。」

「聽說你們是從北方來的旅行者？」

「是的。」風暮音看了一眼身旁的晨輝：「我和妹妹一直住在很偏遠的地方，這是第一次離開家裡，想到大城市見識一下。沒想到剛到這裡就被一群不知身分的人襲擊了，我們沒辦法反抗，所以只能逃跑，身上的大部分財物也在路上丟失了。」

「你們看到襲擊你們的那些人長得什麼樣子了嗎？」

「不太清楚。」風暮音搖了搖頭：「因為是夜晚，加上他們都遮著臉，我沒有辦法看清。」

「是啊！」金晨輝躲在風暮音身後，一臉小可憐的樣子：「幸虧我哥哥跟逃得快，否則我們一定沒命了！」

風暮音用眼神警告她別太過分，但她好像根本沒看到……

「當然了，這裡是處於縹緲城抑制結界的範圍。」那個叫莫倫的主管點了點頭：「不經特別許可的人是不能使用任何法術的，難怪你們沒有辦法抵抗凶狠的涅烙族了。」

主管這麼說了以後，四周立刻充滿了低聲的議論，人們的臉上有著慌亂的神情。

「安靜！安靜！」主管大聲地說：「各位，我今天找大家來是有重要的事宣布。」

偌大的廣場立刻安靜了下來。

「我接到了城中命令，最近陸續有旅行者受到涅烙族的襲擊，所以請大家注意安全，盡量不要在夜晚離開衛城範圍。」

「那些涅烙的盜匪嗎？」主管身後的一位中年女士尖叫了一聲：「天啊，那是真的嗎？」

風暮音看到周圍的人紛紛議論起來。

「居然有這種事！」

「那些涅烙的盜匪，居然膽敢侵入到這裡來！」

「請大家不要驚慌。」主管又一次把那些議論聲壓了下去：「為了確保大家的安全，城主大人已經決定把城裡軍隊派駐到各個衛城中，我們現在只要謹守秩序就可以了！」

人們臉上的恐慌稍微減退了一些，但依舊顯得十分擔憂。

「旅行者，你們有什麼打算呢？」等到人群慢慢散去，主管問風暮音：「是否要繼續上路？」

「經過這樣的事，我想我們還是先回家好了。」風暮音嘆了口氣：「我不希望妹妹再次受到驚嚇。」

「我也知道這不是什麼令人愉快的經歷。」主管點頭附和：「那些涅烙族實在是太倡狂了，他們原本只在西方邊界流竄，沒想到現在竟然從和魔族交戰時毀壞的結界縫隙潛入到了這裡。加上他們異常狡猾，所以就算是城主大人，一時之間也拿這些凶殘的暴徒沒辦法。」

「魔族？」來到這裡後第一次聽到熟悉的名詞，風暮音有些緊張地追問：「那麼魔界……我是說你們在和魔族在戰鬥嗎？」

「當然了，和魔族的戰爭從來沒停過。」主管有些懷疑地看了她一眼：「你們到底住在多麼偏遠的地方，怎麼連這些也不知道？」

「是這樣的，我們幾乎與世隔絕，所以有些事不太清楚。」風暮音裝出很為難的樣子：「加上我們一路過來，好像……不怎麼受歡迎，所以真的很難得知一些消息。」

「這是當然的了！」主管好像相信了她說的話，露出了沉重的表情：「最近接連發生了幾件大事，每個人都覺得緊張，自然會排斥外來的人。如果不是你們身上擁有風族的血統，我們也不會這麼輕易就相信你們。」

「風族的血統？」風暮音愣住了，轉頭去看身邊的金晨輝，她也是一片茫然，只能對主管說：「我不太明白。」

「妳過來。」

風暮音疑惑地朝著主管走了過去。

「把妳的手放到這上面。」主管指了指那塊綠色的水晶。

風暮音看了看他，慢慢地把手放了上去。就在手指觸碰到水晶表面的瞬間，整塊水晶散發出一種淡淡的綠色光芒。

「只有本族的血脈才能讓守護石發出光芒，其他種族是做不到的。而如果是混有涅烙族或魔族血統的人，只要一踏進城裡，守護石就會變成其他顏色。」

「這麼神奇啊！」金晨輝讚嘆著道：「這石頭真漂亮呢！」

風暮音一把抓住她要摸向水晶的手，狠狠瞪了她一眼。

「各地都有隱居的風族，他們和異族混血也是常事。但是妳的外表已經完全異化，血液中風族的力量卻依舊如此明顯，妳的先人一定曾是我們風族中的貴族，也許他們因為某些原因不願向自己的後代提起出身……你們也不用太介意，風族本來就是所有神族中最為高傲的一族。」主管說這些的時候好像有什麼難言之隱，不過轉眼就換上了自豪的表情：「不過你們更應該以身為風族的後裔為榮，畢竟天帝大人也曾是我們風族的聖王。」

聽起來好像很了不起。

不過說實話，風暮音真的聽不太明白，只能含含糊糊地點頭。

說到了神族？他說的神族是不是就是神的意思？

不過仔細想想也沒什麼好奇怪的，有魔鬼自然也會有神一類了。只是這是否代表著，這裡和魔界完全是八竿子打不著的兩個地方？

「魔界離這裡不遠嗎？」風暮音很小心地問：「你剛才說那些盜匪是從魔界那裡來的？」

「不，我說的是邊界，西方邊界離我們這邊還是很遠的。」主管解釋給她們聽：「那是神界和魔界交界的地方，也是我們和魔族的主要戰場。最近因為戰事頻繁，阻擋其他種族進入的結界產生了裂縫，一些狡猾的涅烙族盜匪就趁機潛了進來。」

「是這樣啊。」風暮音好奇地問：「那個結界是不是能夠阻擋所有想通過那裡的生命呢？也包括了風族嗎？」

「是的，除非有資格或得到許可的人除外。」

「我大致明白了。」風暮音點了點頭：「謝謝你告訴我這些。」

這裡叫做神界，是與魔族對立的神族世界。這裡不但離魔界很遠，而且中間還有著難以跨越的屏障。就是說，除了回到一開始出現的地方等門再開，其他方式看來都是不行的……

「暮音，他們為什麼說妳是和他們一樣的風族呢？」回到暫住的地方，一關上房門，忍了很久的金晨輝就撲上來問：「為什麼妳摸那個水晶的時候，它會發光呢？」

風暮音脫下外套，拉開了纏在胸口的布條，長長地鬆了口氣。

「暮音，妳知道什麼了對不對！」金晨輝在她身邊追問著：「快點告訴我啊！」

「妳沒聽那個主管說嗎？」風暮音稍稍鬆開了胸口的束縛，整個人都放鬆了下來：「這些人是神族，這裡是他們居住的神界，和我原本要去的魔界是完全不同的兩個地方。」

「妳是說他們是神嗎？天啊，居然有滿大街的神在我面前走來走去……」

「所謂的神族，應該是和魔族一樣，是一種和我們不同的生物，跟那種被人類傳奇化了的形象是不同的。」風暮音把解下來的纏胸布條扔到一邊。

「是啊！」金晨輝感慨了好一陣子，然後才問：「那個攻擊我們的傢伙就是什麼涅烙嗎？」

「應該不是。照那個主管的口氣，涅烙族的外形好像很容易辨認，但是那個人和我們的長相差別不大。」

「真是複雜的世界……」金晨輝糊塗地抓著頭：「對了，妳還沒有回答我，妳怎麼會成了和他們一樣的人了？」

「我想那時水晶發光是因為這個。」風暮音把水晶徽章拿了起來：「我摸到那塊水晶的時候，覺得它在發熱。至於我們進城之後水晶沒反應，可能是因為對人類沒有效果。」

「我們運氣還真好呢！」金晨輝歪著頭：「不過這到底是什麼東西啊？那傢伙好像也有一個。」

「那傢伙？」

「妳知道我說的是誰啦！」金晨輝仰起頭哼了一聲：「就是那傢伙啊！」

「喔。」風暮音意會過來，「或許有機會妳可以問一問金先生。」

「才不要！」金晨輝表情陰沉地說：「我和他已經一刀兩斷了！」

風暮音嘆了口氣，充分體會到什麼叫做愛的反面就是恨了。

【第十四章】

風暮音原本想趁著天黑和金晨輝離開這裡，回到那座森林裡等待日出，看靜默之門是否會出現。但就在下午時，一些不速之客徹底打亂了她的計畫。

她們被喊到了旅館大廳，有兩個年輕的男人在等她們。

他們穿著毫無褶皺的綠色外套，腰裡掛著華麗的佩劍，腳上穿著黑色長靴，看起來似乎是某種統一的制服。

「我們是縹緲城城主修季爾大人的衛兵。」其中一個金髮男子對她們說：「今晚將會有十分重要的貴賓來訪縹緲城，為了防止意外，所以城主下令，只要不是本地居民者，都必須去指定的地方隔離，直到貴賓離開，才可以自由行動。」

「暮音，我們該怎麼辦？」金晨輝輕聲問道：「要跟他們去嗎？」

「既然是規定，我們就該遵守。」風暮音轉過身對著兩個人說：「我們收拾一下就跟你們走。」

「暮音，怎麼辦？」

「隨機應變吧！」風暮音用力喘了口氣：「不過我要纏胸纏一整晚，實在有點痛苦……」

整座城裡只有她們不是本地居民，所以很快她們就坐上了馬車，前往被十二座衛城環繞的縹緲城主城。

兩個衛兵一個叫尼科一個叫卓爾，金晨輝向來容易博得別人的好感，一會就和他們有說有笑起來。

「真有會飛的龍嗎？」金晨輝趴在前方車窗上，和坐在前座的兩個人聊天：「好厲害啊！」

風暮音坐在一側的車窗邊看著外面，聽她越扯越遠，伸腳輕輕踢了她一下。

「對了，我們之前路過的那座森林。」金晨輝指著遠處，照吩咐開始套話：「那是什麼地方？」

「盟約森林啊！這麼有名的地方你們也不知道？」金頭髮的卓爾笑著說：「傳說在很久以前，那是天帝大人和魔界的魔王簽訂盟約的地方，不過幾千年前就已經被封印住了，沒有人可以隨意進出的。」

「是嗎？」金晨輝回頭看了一眼風暮音：「太可惜了，都沒有機會去觀光了呢！那個盟約是什麼盟約呢？很重要嗎？」

「妳年紀還小，不知道也就罷了，但妳哥哥應該知道吧？」

風暮音裝作不願參與談話的樣子，一直望著車外。

「他脾氣不好，這次也是我一直纏著，他才勉強帶我一起出來的。」金晨輝很小聲地詆毀風暮音：「他總說我很笨，平時從來不主動和我說話，怎麼可能會告訴我什麼嘛！」

風暮音清了清喉嚨，金晨輝無奈地聳了聳肩，臉上寫著「你看就是這樣」。

「其實也沒什麼。」兩人先是無聲地笑了，然後其中一個說：「聽說曾在那裡簽署過停戰的盟約，但沒多久後就又開戰了。因為簽署盟約很不容易，沒想到魔王那麼快就反悔，天帝大人覺得這是對他的藐視，就把那裡封印起來，不許任何人進出。」

他們所說的事，讓風暮音想起了那幅畫描述的情景。

「聽說你們準備回到家鄉，不再繼續旅行？」那個叫尼科的問金晨輝：「好不容易到了大城市，就這麼回去不覺得可惜嗎？」

「不然能怎麼辦呢？」金晨輝嘆了口氣：「我們又沒錢又沒親友，不回去能怎麼樣？」

「聽說妳哥哥帶著妳從涅烙族手裡逃脫，那他一定很擅長在抑制結界內近身戰鬥。」尼科的目光在風暮音身上轉了一圈：「加上他長得也不錯，可以考慮在某位城主的近衛裡謀求職務。」

「除了會打架，還要講求長相嗎？」金晨輝好奇地問。

「在任何方面都要相互較勁的城主們，自然也會比較近衛們的容貌了。」卓爾用教導的口氣對晨輝說：「想當上城主的近衛，戰鬥能力當然不用說，但最近臉蛋也成了很重要的標準呢！」

尼科在旁邊不停地點頭。

「說起來，哥哥真的很厲害也很俊美呢！」金晨輝轉過頭問風暮音：「暮音哥哥，考慮一下怎麼樣？」

風暮音把腿架到對面的椅子上，像是什麼都沒聽見。

「先坐好吧。」兩個衛兵似乎對晨輝很有好感，笑咪咪地對她說：「我們馬上就要飛了！」

「喔？」金晨輝很興奮地坐回椅子上：「真的要飛嗎？怎麼飛啊？」

金晨輝剛問完，只見卓爾從口袋裡拿出一個哨子，放到嘴邊一吹，接著那匹拉著車子的灰馬渾身一顫，一雙翅膀就從背上長了出來。

「暮音你快看！」金晨輝開心地大叫：「這馬真的有翅膀！」

馬揮動著強而有力的翅膀，帶著馬車升上了天空。

「我們飛起來了！」金晨輝跳起來，把頭伸到窗外，大聲喊著：「飛了飛了，我們在飛！」

「閉嘴！」風暮音抓著她的領子把她拖了進來：「安靜坐好！」

「沒關係，她還小嘛。」兩個衛兵把金晨輝的反應當成了年幼無知：「抑制結界禁止了所有法術，所以連飛行都很難得，難怪她這麼高興。」

「除了這種會飛的馬外，還有其他飛行交通工具嗎？比如說一種灰白色的大鳥。」風暮音突然想起那個要殺了她們的男人。

「你說的是希羅蒂吧！雄性希羅蒂完全不會飛行，雌性卻是所有飛行獸中飛行速度最快和耐力最強的，據說從邊界飛到聖城只需要十幾天。」兩人的表情非常吃驚，尼科告訴她說：「那可是很珍貴的，聽說整個神界只有幾十隻，大家都只在書上看過，沒有多少人親眼見過。」

「很珍貴嗎？」金晨輝眨著眼：「真可惜啊……」

「別擔心，有機會的話說不定能看到！」別人還以為金晨輝是失望，只有風暮音知道她是在同情那隻被她用防狼噴霧殘害過的「珍貴禽獸」。

不過，在被禁止出入的地方和人密謀、少見的黑髮、珍貴的坐騎……那個人的身分不簡單啊！風暮音不知道自己是不是可以假設，那人所說的「在縹緲城範圍內出事」和今天晚上那位「十分重要的貴賓」間，是否有著某種不尋常的關聯……

「暮音……」

「不關我們的事，我們甚至不知道要警告什麼人小心。」知道金晨輝想說什麼，風暮音淡淡地提醒道：「我們和這個世界沒什麼關係，還是少管些不相干的事比較好。」

金晨輝本來要反駁，最終還是沒有說出口。

「看得見飄渺城囉！」卓爾回頭對兩人說。

「暮音妳看！好壯觀啊！」金晨輝毫不吝嗇她的讚美：「像是夢裡的情景，好不可思議啊！」

雲霧漸漸散去，一座規模宏大的城市出現在眼前。當然，那也是一塊飄浮著的土地，但是和之前所在的衛城不同，這個城市的面積至少大了有一百倍，而且是完全靜止不動地懸浮在空中。那十二座移動的衛城，則是呈斜線環狀圍繞在它四周，不斷緩慢移動著。

「其實縹緲城不算很大。」尼科笑著說：「有機會去蒼穹之城，你們就知道什麼才是真正的壯觀了。」

他們在陽光裡越飛越近，越來越清楚地看到了那座城市中央折射出來的璀璨綠色。

風暮音把頭靠在窗上，呆呆地看著，長嘆了一口氣。

天青……

飛翔的馬車在連接著空中走廊的平臺上停下。

「反正時間還早，需不需要帶你們去城裡看看？」兩個衛兵在她們下車之後這麼提議。

「真的嗎？」金晨輝顯得很興奮：「可以去觀光嗎？」

「沒關係的！反正今天天黑之後就算本城的居民也都被要求不得外出，趁著集市還沒有散的時候去逛一圈好了。」藍色眼睛的尼科笑著說：「只要由我們陪著，在天黑之前到指定的地點就可以了。」

「好啊！」金晨輝跳了起來，怯怯地問風暮音：「哥哥，可以嗎？」

「妳想去嗎？」風暮音冷淡地問。

「嗯！」金晨輝用期盼的表情點頭，裝得倒是真像。

「……好吧。」風暮音沒能忍住，一下子笑了出來：「既然難得來到這裡，那就去逛逛好了。」

她面前站著的三個人同時怔了一下。

「怎麼了？」看他們盯著自己，風暮音伸手摸了摸臉，不解地問：「有什麼不對嗎？」

「不，沒什麼沒什麼……」尼科和卓爾對看一眼，莫名其妙地笑了一陣。

「時間不多，我們快點走吧！」金晨輝拉起風暮音，迫不及待地沿著長廊跑走了。

飄渺城雖然不是最大，但因為這裡的城主在風族中聲望很高，所以其管理之城市也算有相當的地位。

「說到我們的城主修季爾大人。」尼科不無驕傲地說著：「他可是曾經在和魔族的戰鬥中立下赫赫戰功，是連天帝大人都加以讚賞的英勇戰將！」

「真令人仰慕！」風暮音雖然不認識那位，很清楚這有多重要，但還是附和地說：「希望有機會能見到他。」

「你真的沒想過加入城主的近衛隊嗎？」尼科好像很激動：「憑你的條件，一定可以在城主聚會時大出風頭的，說不定會成為很有名的人喔！」

風暮音愣了一下，搖了搖頭：「很抱歉，我並沒有這樣的打算。」

「實在是太可惜了。」尼科的眼神有點奇怪。

「暮音，妳看那個！」和卓爾走在前面的金晨輝回過頭對她笑了笑。

「你們給人的感覺完全不同。」尼科笑著對風暮音說了一句她不太明白的話：「要不是因為長相，很難相信你們會是同一個家族的人。」

他們所謂的相似，應該是指在這裡不太常見的深色眼睛和頭髮，所以風暮音聽了也只是不置可否地笑了一下。

她不經意間抬起頭，看見太陽正在慢慢西沉。在這一刻，她想起了夜那羅說過，雖然每個世界都獨立存在，但其實它們相互牽連影響。她側過臉，看見城市中央矗立著的綠色水晶，感覺有什麼東西在腦海裡一閃而過，轉眼又消失了。

「暮音，妳在看什麼？」金晨輝有些擔憂地喊她。

「妳會不會有種感覺，明明和一個人離得很近，卻又覺得離他十分遙遠。想要接近對方，卻怎麼努力都是白費力氣。」風暮音把目光移回那塊水晶石上：「像是被什麼東西捆綁著，不能說也不能動，一種糟糕透頂的感覺。」

「這種患得患失的束縛是什麼，難道妳真的不知道嗎？」金晨輝苦笑了一聲：「暮音，妳一直這麼聰明又這麼清醒，應該比誰都明白這意味著什麼吧！」

風暮音僵了一下，整個人都有些恍惚。

「妳怎麼了？不舒服嗎？」金晨輝握住了她的手：「暮音，妳好像在發抖。」

「我沒事。」風暮音抽回了手，另一隻手的指尖摸過了手腕內側的印記：「我想……妳說的或許有道理，還有誰能比我更瞭解我自己呢……」

那天晚上，她們被帶到了一棟很大的屋子。

和兩位友善的衛兵道別後，金晨輝跟著風暮音走進了大廳。

寬闊的大廳裡已經有很多人了，但是依然十分安靜，大家或坐或站，沒什麼人在交談。

兩人一走進去，就引起了許多人的側目。

「暮音。」金晨輝拉著風暮音的衣角，小聲地說：「這些人看起來好奇怪。」

「妳安靜地待著。」風暮音看著她好奇又興奮的臉，認真叮囑道：「不許和別人說話，更不許做奇怪的事。」

金晨輝一邊張望一邊點頭，明顯是在敷衍。風暮音在心裡嘆了口氣，已經對她不抱什麼期望了。

「黑髮小子。」

周圍的視線集中到自己身上，風暮音才意識到這是在喊自己。她停下腳步，朝聲音傳來的方向看去。

一個男人靠坐在牆邊，正擦拭著一把閃亮的長劍。

「你叫我？」風暮音現在最不需要的就是麻煩，所以她很客氣地問：「有什麼事嗎？」

「你很不錯。」那個人抬起頭，目光銳利得像是有形的利刃：「是個難得一見的好手。」

「抱歉，我不知道你在說什麼。」風暮音把金晨輝拉到自己背後：「我只是因為旅行而路過這裡。」

那個人用鼻子哼了一聲，低下頭繼續擦拭看起來已經很乾淨的長劍。

風暮音注意到周圍人看她們的目光變了，從冷漠無視轉變成了驚訝和好奇，幾乎所有人都在盯著她們竊竊私語。細碎的聲音裡，風暮音只捕捉到幾個有限的詞語，因此也難以明白他們在討論什麼。但她知道，都是因為那個灰眼男的幾句話造成的，不知道他是什麼人……

她拉著金晨輝走到了人少的角落，金晨輝從背包裡找出毯子鋪在地上，兩個人就在那裡坐了下來。

「你們好啊！」兩人眼前出現了一張和善的笑臉。

頭髮是柔順的淺藍色，額角上那些閃光的藍綠色鱗片讓他看起來與眾不同。誰都不能否認這是個漂亮親切、討人喜歡的青年。

「我是吉亞，從清泉城來的。」吉亞用了自己從未失敗過的微笑攻勢：「看你們的樣子，是從很遠的北方來的吧！」

據說他的笑容能消除隔閡，令人無法產生戒心，這也是他一直引以為傲的天賦，不過這一次……吉亞等了很久，都沒有人回應他親切友善的笑容。

俊美的黑髮少年神情冷淡，好像根本沒聽到他說話；有著一雙美麗眼睛的小美人，也只是用一種奇怪的眼神盯著他。

「美麗的小姐。」吉亞看向了感覺比較好溝通的金晨輝：「我能坐在這裡嗎？」

「哥哥。」小美人拉了拉黑髮少年的袖子：「要不要讓他坐？」

黑髮少年轉過頭看著吉亞。

就算是自稱見多識廣的吉亞，在被那雙漆黑到毫無光亮的雙眼看過後，心底也湧上了一股寒氣。

黑髮少年看了他很久，才微微皺了一下眉，最後一臉不情願地點了點頭。笑容已經有些僵硬的吉亞不明白這是什麼意思，直到小美人指了指身邊空著的位置，他才知道自己被允許坐下了。

「你們從北方過來，一定經過輝煌城了吧？」吉亞調整了一下心情，挨著小美人身邊的古怪行囊坐了下去，眉飛色舞地問：「我正準備去那裡，可以跟我說說輝煌城怎麼樣嗎？」

小美人看著他，雙眼光彩四溢，卻抿緊嘴一句也不說。

「怎麼了？」吉亞呆呆地看著她，不明白她為什麼不說話。

小美人用手指了指身邊的黑髮少年，然後指了指自己的嘴，再指了指吉亞，最後搖了兩下。

「不能和我說話嗎？」吉亞機靈地猜到了這一點：「妳哥哥不許妳和別人說話？」

小美人飛快地點頭。

「啊，真是不好意思。」沒有辦法交談，吉亞覺得無從下手：「我不知道……」

「他是誰？」這時，黑髮的少年突然對著吉亞開口。

「什麼？」因為沒有心理準備，吉亞一時沒聽懂。

「剛才和我說話的男人，難道不是你的同伴？」黑髮少年看著他，嘴角隱約向上彎起：「你特意過來，不就是想探聽我們的來歷嗎？」

對方敏銳的直覺讓吉亞大吃了一驚，但是他很快就重新掛上了微笑：「我根本沒和他說過話，你怎麼知道我認識他？」

「在這個大廳裡，只有你和他鞋子上沾有紅色濕土，連潮濕的程度也很接近，說明你們在差不多的時間去過同一個地方。」黑髮少年簡短地說：「你坐下來之後已經看了他四次，加上現在就是五次，所以我猜你們認識，更有可能是同伴。」

「說不上是同伴，他是個習慣獨來獨往的傢伙，我也是最近才和他一起同行了一段時間。」吉亞的目光裡充滿了讚賞：「你還真是細心，居然能夠留意到這些細微的地方。」

「他是誰？」顯然黑髮少年對吉亞的恭維不感興趣。

「他叫羅維，是在整個神界中十分有名的劍士。」吉亞眨了下眼睛：「聽說連浩瀚之王都曾經想招攬他，你就知道他有多厲害了。」

「浩瀚之王是什麼？」眼睛很漂亮的小美人終於忍不住出了聲。

「妳連這個也不知道嗎？」吉亞大吃一驚：「我說的可是浩瀚之王雅希漠大人啊！」

「我們是鄉下人啊。」小美人眼神哀怨了起來，「是在原始森林裡，好像野生動物一樣長大的呢！」

「在森林裡長大？」吉亞震驚了：「真的有這種事嗎？可是你們看起來——」

「別太過分了。」黑髮的少年看了一眼小美人，意味深長地說。

「可是我想知道那個浩瀚之王是誰啊！」小美人噘起嘴：「知道的話，就不會被人取笑了。」

「知道的事越多，麻煩也就越多，反正我們很快就要離開了……」黑髮少年輕聲說了一句奇怪的話，小美人好像沒聽見，但耳朵很尖的吉亞聽見了。

「我真的沒有取笑你們的意思。」吉亞連忙解釋：「我只是沒想到，神界裡有人連三眾聖王也不知道。」

「那你能告訴我嗎？」小美人歪著頭，很可愛地笑著：「什麼是三……王？」

「三眾聖王指的是東方的蒼穹之王、北方的烈焰之王及南方的浩瀚之王，也就是神界中實力最強的三位神族首領。」吉亞急於彌補自己的過失，連忙告訴她：「在這個廣袤的神界中，除了天帝，他們就是地位最高的三個人，這是無人不知無人不曉的事。」

「那你說的雅什麼，就是浩瀚之王，那其他人呢？」

「烈焰之王埃斯蘭大人，浩瀚之王雅希漠大人，以及蒼穹之王……」

「雅希漠？」黑髮少年突然打斷了吉亞：「那個叫雅希漠的……」

「雖說不是什麼很嚴重的事。」吉亞壓低了聲音：「但是在談論這幾位的名諱時，加個大人在後面比較好。」

黑髮少年好像沒在聽他說什麼，只是若有所思地抬頭往上看去。

吉亞也跟著抬頭，除了屋頂什麼都沒看到。

「你別理我哥哥，他性格很古怪。」小美人拉了拉吉亞的衣服：「我們繼續吧！說說那些大人們的事情給我聽嘛！」

「其實也沒什麼好說的。」吉亞很喜歡這個眼睛裡總閃耀著光芒的女孩：「對於我們這樣普通的神族來說，這些有著非凡地位和力量的尊貴人物，和我們活在完全不同的世界裡。」

維琴察的陽光下，天青那個優雅的、甚至有些傲慢的笑容，猛地閃過風暮音眼前，讓她的心臟一陣抽痛。在她面對無數敵視，獨自離開那場奢華盛宴時，盤旋在腦子裡的念頭。在一個陌生人說了些許類似的話之後，竟然會跳了出來，剎那變成尖銳的刺……

吉亞聽見一聲冷笑，分神看了過去，只見那個沉浸在思緒中的少年，嘴角帶著一抹迷茫淺笑……

【第十五章】

名為晨輝的少女非常美麗，她有一雙光彩奪目的眼睛和開朗純真的笑容，第一眼就能吸引到所有人的目光。她身上不經意間流露出的高貴氣息，與一些貴族女性相比，恐怕也毫不遜色。

這顯然需要非凡的出身或刻意培養才能造就，如果說她真的是從偏僻北方來的異族平民，才是真的不可思議。如果猜得不錯，這位應該是尊貴人家獨自出來遊玩的小姐。

但是對於那名叫暮音的黑髮少年，吉亞的感覺卻極其混亂。

和那位也許出身高貴的小姐不同，在這個少年身上，起初吉亞什麼都感覺不到。

說實話，吉亞並不明白向來眼高於頂的羅維，為什麼會突然關注這個少年。雖然少年的敏銳度令人驚訝，但也不是能讓羅維頓時產生感興趣的地方。像羅維這樣到處挑戰的劍客，只對一種人會感興趣——和他勢均力敵的對手。

在這裡聚集的，大多是在各個城市間行走的戰士或商人，他們很明白這個道理，才會不約而同地被羅維的話影響，而注意起了少年。

吉亞也一樣，在羅維開口說話前，他更在意的是那個氣質不凡的少女。當一向沉默寡言的羅維突然開口，他才把目光移向了那個俊美卻有些冷漠的少年身上。

但是任他再怎麼看，也無法理解這個單薄纖細的少年，有什麼本事和在整個神界中戰鬥實力數一數二的羅維相提並論。

直到交談開始，那張臉有了不一樣的表情，不耐的皺眉、試探的目光、淺淡的笑容……看著看著，不知不覺間就對他產生了興趣……

「你一直在看暮音，為什麼？」

「他……是很特別的人嗎？」有些出神的吉亞，視線無法離開那個起身移動到窗邊的身影。

「如果她不特別，你為什麼總是盯著她不放呢？」

吉亞一愣，回過神看向身邊的小美人。

「沒關係，我理解你的心情。」小美人拍拍他的肩膀：「這是很自然的事。」

吉亞微張著嘴，不明白她是什麼意思。

「是迷惑一類的法術嗎？」吉亞不確定地問。

雖然這之前他從沒聽說過，有誰能夠在結界中使用這種法術的。

「那是什麼？」小美人疑惑地問。

「我覺得……很奇怪。」說出口後，那種感覺更加鮮明起來。吉亞心裡有些發慌：「我不明白為什麼這樣，在抑制結界內應該無法使用精神法術的……」

風暮音站在窗前，看著漆黑的夜空。

「你叫什麼名字？」

灰色眼睛的男人不知什麼時候站在了她的身後。

「暮音。」暮音平視著玻璃上那雙犀利的眼。

「你是難得一見的對手，要不要和我比一場呢？」名為羅維的男人嘴角掛著微笑。

風暮音還沒來得及回答，窗外忽然閃過一陣光亮。她抬頭看向天空，看見了燦爛輝煌的煙火，但是下一刻，她立即意識到那不是什麼煙火表演。那些各色的煙火，並沒有在天空燃盡，而是落到地面，燃起了一陣又一陣的火光。

「涅烙！」羅維站到風暮音身邊，風暮音好像在他的眼裡看見了某種努力克制的興奮。

這時，大廳裡的人都湧到了窗戶邊，大家的情緒也騷動起來。

「是涅烙的盜匪吧！他們準備洗劫城市嗎？」

「不可能的，飄渺城又不是邊界小鎮，可是駐紮著風族軍隊的，他們怎麼可能有這麼大的膽子！」

「真的是涅烙，他們怎麼敢闖進飄渺城鬧事！」

吵嚷聲此起彼落，風暮音默默地從窗邊離開。

「暮音。」金晨輝乖覺地問：「外面出事了嗎？」

「收拾一下東西，情況好像有點——」

話音未落，窗戶邊的人群發出了驚呼聲。一陣巨響後，頭頂就不斷有東西掉落下來。

風暮音反應敏捷地把金晨輝拖到一邊，再抬頭看時，整個大廳的天花板已經不見了，直接能夠看到天空和到處飛竄的各色光芒。

「天啊！」金晨輝喃喃地說：「簡直像是在拍科幻片！」

「是高等攻擊魔法。」吉亞倒是緊緊地跟著她們：「好像連城主大人都出動了，看來這次的事件很嚴重啊！」

「我們走！」風暮音拉起還在發呆的金晨輝：「這裡不安全。」

金晨輝慌亂地點了點頭，剛轉過身，就看見吉亞已經拿著她的大包站在那裡了。風暮音看了一眼這個有些奇怪的人，微微皺了下眉，接過包包後什麼也沒說，拉著金晨輝跟隨人流往大門外去。

「謝謝！」金晨輝倒是對吉亞很有好感，邊走邊向他揮手告別。

「一向對別人漠不關心的你，好像很在意那個黑髮少年。」吉亞問經過他身邊的羅維：「他有什麼特別的地方嗎？」

「別跟著我了。」羅維停了下來：「我已經說得很清楚了，我對你說的那些都不感興趣。」

「我知道。」吉亞雙手環抱在胸前，悠閒地說：「我也說了我只是湊巧和你同路。」

「吉亞大人，你不會不知道今晚路過飄渺城的貴客是誰吧？」羅維勾起了一個玩味的笑容：「浩瀚之王的利益正岌岌可危，身為他最信任的清泉城城主，這麼漠不關心是不是太不應該了？」

「這裡又不是清泉城，我沒必要搶別人的功勞。」吉亞跟著笑了：「你也知道這是誰的屬地，既然大家的關係並不融洽，我還是不要自討沒趣比較好。」

「那你準備跟我跟到什麼時候？」羅維再一次體會到吉亞的難纏。

「直到你願意告訴我最後一句咒語。」吉亞收起了臉上的笑容，整個人散發出不輸於羅維的凌厲氣勢。

羅維冷哼一聲，沉下了臉。

幾乎變成廢墟的大廳裡，只剩下他們兩人相互對峙著……

「暮音，我們要去哪裡？」金晨輝看著混亂的天空：「好像什麼地方都不安全。」

「跟著我，別走散了。」風暮音也朝空中看去。

天上布滿烏雲，除了不時的光亮閃過，什麼也看不清楚。

忽然一道光束從天空落下，擊中了她們身邊一座鐘樓樣式的高塔。聽到高塔發出的可怕斷裂聲，風暮音的臉色變了。

這座塔太大，要是往她們的方向倒過，現在逃跑也躲不掉了！

「暮音！」金晨輝也意識到了情況的糟糕，緊張地喊：「怎麼辦啊！」

整座高塔已經完全斷裂開來，往她們所在的一側傾倒。

沒辦法使用力量……風暮音咬了咬牙，拉著金晨輝跑了起來。

「你們！」就在這個時候，身後突然傳來了聲音：「快點上來！」

「卓爾！尼科！」金晨輝驚喜地大喊。

送她們前來的衛兵們正駕著一輛飛馬拉著的車子從天空落下。

等風暮音和金晨輝一跳上車，卓爾就狠狠地拉了一下轀繩。馬車沒有走多遠，高塔撞擊地面的巨大響聲就傳了出來。

「差點就沒命了！」金晨輝大口喘著氣，驚魂未定地看著一片狼藉的地面。

「抓緊了。」卓爾喊了一聲，馬車直往上飛，一直衝上了雲層。

雲層上方因為飛竄的光芒而十分明亮，他們能清楚地看到裡面情形。

有著如蝙蝠一般翅膀的人們，手中拿著像是發著光的叉子。他們的皮膚是灰色的，頭髮和眼睛是鮮豔的橘紅，看起來面目猙獰，十分可怕。

這些難看的傢伙在天空中盤旋，拿著武器正攻擊包裹在藍色光芒裡的巨大花朵。再仔細一看，才知道那些各色的巨大花朵，是由無數隻發著光的蝴蝶托負在空中，每朵花上面還站著人。

和醜陋的攻擊者完全相反，花朵上站著的人都長得十分美麗，身上穿著在閃爍著點點光芒的長裙，只是臉上似乎寫滿了哀愁。

在花朵周圍保護他們的，就是像卓爾和尼科這樣的衛兵。他們奮力抵抗著為數眾多的攻擊者，但顯然十分吃力。只有一個人例外，那個人在較遠的地方保護著那朵最耀眼美麗的白色花朵，他不像其他衛兵一樣站在車上，而是不依靠任何東西就能在空中飛行，每一個靠近他的攻擊者幾乎都被他一劍斬殺。

不過，那個人身邊有大約十多個黑色身影在他周圍旋轉，那些從天空落下造成恐慌的光束，就是源自於這些穿著黑色長袍的身影。那人對付攻擊者綽綽有餘，光芒也被他一一反彈，但很明顯他沒有更好的辦法來擺脫或打倒這些黑影。

「在遠離西方邊界的飄渺城，怎麼可能有這麼多的涅烙和暗界術士？」卓爾和尼科交換了一個擔憂的眼神。

「算了，先把他們送到安全的地方吧！」卓爾回過頭，卻愣住了。

少年長長的黑髮被風吹動，露出了略顯蒼白的臉，漆黑的眼因為倒映出眼前一切而顯得流光溢彩；依偎在他身旁的美麗少女，也是一臉茫然。

這畫面像是有股奇異的力量，讓人難以移動視線。

「妳聽到了沒有？」少年喃喃地問：「那個聲音……」

「歌聲。」少女輕聲地回答：「有人在唱歌，用美妙的聲音和古老的語言。」

「不，是詛咒！可怕的聲音反覆念著惡毒的詛咒！」少年慢慢閉上了眼，細長秀氣的眉毛緊皺在一起，神情顯得有些痛苦。

卓爾和尼科疑惑地對望了一眼，他們什麼都沒聽到。

「暮音，妳怎麼了？」金晨輝抬頭看到她的表情，立刻擔憂地道，「妳不舒服嗎？」

風暮音走到馬車邊，金晨輝感覺她像是要跳出去一樣，忍不住擋在她面前，緊抓著她。

「說些什麼，晨輝，快說些什麼！」一滴滴汗水從風暮音額頭滑落，她的聲音乾澀沙啞：「快點！不論說什麼都好！這聲音……這聲音讓我……」

金晨輝不知道該說什麼，只能張開嘴，開始唱歌。那些她不知意義的句子自然地從口中流瀉而出，輕柔美妙的歌聲開始向四面散開。

每一個聽到這歌聲的人，心中都湧起了一種安寧和祥和的氣氛。站在花朵上的人們，在聽到了金晨輝的歌聲後，臉上都揚起了微笑，甚至張開嘴，跟著唱了起來。

歌聲越來越響亮，戰士們慢慢放下了手中武器，甚至連黑影和難看的涅烙們也都停下了攻擊。他們一個接著一個回頭，看向了最先傳來歌聲的那輛戰車。

「別唱了。」

金晨輝突然停下了歌聲。

因為風暮音說完這句話後，終於睜開了眼。

「就是因為無法得到，所以才會希望沒有光明，讚美光明的歌曲，只能更加激發黑暗中隱藏的暴戾。」

風暮音和金晨輝四目相對，金晨輝能夠清晰地看見她漆黑的瞳孔正一點一點地改變顏色。

「其實毀滅黑暗的方法十分簡單，因為真正能夠得到的，永遠和想像大不相同。」

因為是背對著，所以卓爾和尼科不知道發生了什麼事，只見面對著他們的金晨輝露出了不安和恐懼的神情。

忽然，那些黑影和醜陋的攻擊者發出難聽至極的叫聲，爭先恐後地朝這裡衝了過來。

風暮音伸出了手，猛烈的金色光芒從她掌心爆發了出來。那種光芒似乎要刺穿所有的一切，涅烙發出的尖叫聲響徹了整個天空。這些只能存在於黑暗中的生物，在光芒中漸漸地消失。

刺眼的光芒和尖銳的慘叫聲裡，風暮音紫色的眼睛映著光，如同不停變換角度和色彩的寶石，她的笑容既不冷酷也無憐憫，就像眼前的一切和她完全無關。

她身邊的晨輝似乎聽見她在說著什麼，當回過神仔細聆聽，卻只來得及聽到了最後一句。

「在那天到來之前，誰也無法猜測結局。」

地面上碩大的綠色水晶同時發出了強烈的光芒，和天空中的燦爛金色糾纏到了一起……

風暮音睜開眼，看見綴滿了閃爍星子的夜空。

「晨輝。」她看向跪坐在自己身邊的金晨輝：「我做了什麼？」

「妳什麼都不記得了？」

「我好像說了什麼……」風暮音皺著眉回想，卻怎麼也想不起來：「我只記得我很不舒服，然後妳好像唱了歌，再後來……就記不太得了。」

「我不知道怎麼說……」金晨輝咬著唇道：「那時的暮音好像是另一個人，像是一個我不認識的人。」

「是嗎？」風暮音並沒有太驚訝：「我覺得應該沒有人認識我，連我自己也不認識自己……」

「妳用一種我從沒見過的強大力量讓那些涅烙和影子消失了，妳還說『在那天到來之前，誰也無法猜測結局』。」金晨輝念出這句話時，聲音有些顫抖：「不知道為什麼，我聽到的時候覺得很害怕。」

「後來呢？」

「後來妳就暈倒了，我突然又能夠使用力量了。」金晨輝對著她笑了：「造成了那樣的混亂，我只能又一次地帶著妳逃跑。」

「我完全不記得了。」風暮音看了看她牽強的笑容，並沒有追問下去：「既然沒人知道怎麼回事，那就不要管了。對了，我們在哪裡？」

「我想，是我們最初來到的地方。」金晨輝抬起頭，眼中映出了前方濃密的森林：「就要黎明了，妳覺得那扇大門會準時出現嗎？」

「晨輝，妳唱的那首歌，是跟誰學的？」風暮音回想起那優美而舒緩的旋律。

「我沒有學過。」金晨輝困惑地搖頭：「也許是在哪裡聽過吧，剛才突然出現在腦海裡，我自然而然就唱出來了。」

「是嗎？」風暮音喃喃地說：「我也好像在哪裡聽過……」

這時，有一個巨大的火球，劃過她們的頭頂，墜入了森林深處。

風暮音漆黑的眼裡還殘留著火光劃過的弧度，影像明明清晰地進入腦海，但是她覺得自己好像什麼都沒看到，就像是陷在伸手不見五指的地方，一片除了自己、沒有任何人的黑暗……

「暮音。」金晨輝小心翼翼地喊她：「妳怎麼了？」

「我沒事。」風暮音深深地吸了口氣，用手把自己撐了起來：「也許是太緊張，所以覺得精神恍惚。」

「那我們……」

「我們回去那個地方。」風暮音淡淡地說：「這個世界太不安全，也不是我們該在的地方，我們一定要找出回去的方法。」

火已經熄滅了，雪白花朵落在神殿前的空地上，一些被火焰燒死的藍色蝴蝶變成了光飄散到空中，剩下的部分則在四周不斷飛舞。

金晨輝讚嘆著走了過去，很多蝴蝶落在她身上，不停地開合著翅膀，發出點點幽藍色的光。

風暮音直覺沒有危險，所以並沒有阻止她。

「真漂亮！」金晨輝摸著那朵比自己還要大上好幾倍的雪白花朵，發現那是真的植物後更加驚訝了：「這朵花好大好美啊！」

那花朵被晨輝撫摸之後，發出了柔和的藍色光芒，原本包裹在一起的花瓣開始一層層綻放開來。

【第十六章】

藍色光芒漸漸淡去，花朵完全盛開了。

「啊！」被風暮音及時拉開的金晨輝驚叫了一聲：「暮音，裡面有人……」

躺在花朵中央的那個人，身體被裹在印著奇怪金色圖案的白布裡，傾瀉在身後的淺綠色頭髮像是半透明的，閃爍著點點微光。他的容貌和神情優雅而柔和，給人一種安靜極至的感覺。

風暮音也愣住了，倒不是因為這個人異常美麗的外表，而是因為見到他後，自己心裡出現的那種熟悉感。

在兩人呆滯的目光裡，那人長長的睫毛顫動了一下，睜開了清澈見底的藍色眼睛。那張美麗的臉龐浮現一絲茫然，似乎不明白自己為什麼會在這裡。

「嗨！」金晨輝慢慢地靠了過去，怕嚇壞他而壓低了音量：「你是誰啊？」

那人先動了動唇，同樣輕聲地回答：「我是緹雅。」

緹雅的聲音如同音樂一樣動聽，離他最近的金晨輝臉一下子就紅了。

「你好！」金晨輝結結巴巴地打著招呼：「我是晨輝，這是暮音。」

那位無法形容的美人，微微揚起笑容說：「我是緹雅。」

「喔……」金晨輝越來越緊張：「緹雅，很高興認識你。」

那位無法形容的美人，微微揚起笑容，用他美妙動聽的聲音說：「我叫做緹麗思。」

金晨輝不再說話，慢慢往後挪步，回到了風暮音身邊。

「暮音。」她拉住風暮音的衣袖，小聲地問：「妳有沒有覺得他……不太正常啊？」

在不甚明亮的環境裡，那個美麗的人在散發著光芒，看起來溫柔高貴……但是看久了就會發現，那雙藍眸固然美麗，卻一點生氣也沒有。

風暮音看了一會，走上前去。

「妳不要去啦！」金晨輝拉住她：「我心裡毛毛的！」

風暮音好像沒注意到她在說話，拖著她一起到了緹麗思面前。

「暮音……」晨輝只覺得背脊發冷，不由自主地鬆開了她。

風暮音彎下腰，伸手輕輕碰觸著柔軟的皮膚，水一樣的長髮，最後放在那人修長的頸邊，再慢慢地低下了頭趴在那人胸前……一旁的金晨輝瞪大了嘴，不敢相信一向冷漠的風暮音居然會調戲一個陌生男人。

就算對方是個美人，但她不是喜歡著天青嗎？難道說這就是一見鍾情……就在金晨輝開始胡思亂想時，就看到風暮音做了一件可怕又殘忍的事。

風暮音不知從哪裡拿出了一把瑞士刀，用鋒利的刀刃輕輕劃過了緹麗思的頸側……

「啊——」金晨輝閉上了眼，不敢看血肉橫飛的場景，她驚慌地喊著：「救命！殺人——」

「閉嘴！」風暮音站直身子，一點也沒有慌亂不安：「我沒有殺人。」

「妳有妳有！」金晨輝捂著眼道：「我看到妳把他的頸動脈割斷了，他一定死了！雖然不知道妳和他有什麼仇，在別人不能反抗的時候殺人，也太不公平了吧！」

「哼，妳的正義感倒是很強。」風暮音的聲音裡帶著嘲笑：「那妳是不是準備去報警？」

「嗯！」晨輝依然閉著眼，但十分堅定地點頭：「雖然我們是很好的朋友，不過我也不能假裝沒看到。」

「喂。」

金晨輝睜開了眼，看到一個東西飛來，下意識地伸手接住了。等她拿在手裡，才發現那是折好的瑞士刀。

「好了，正義天使，我沒空和妳在這裡廢話。」風暮音側移幾步，好讓她看看清楚：「妳看清楚一點，我可沒有殺『人』！」

金晨輝確定她的手上和刀上完全沒有血跡，才敢去看受害者。一看之下，她徹底地傻掉住了：「咦？怎麼會這樣？」

那個人的頸邊是有有一個小小的傷口，但是一點血跡也沒有，而且非但沒有流血，透過被劃開的皮膚裡面還能看到一些……電線？

「機器人？」金晨輝吃驚不已，她忍不住伸手戳了一下，觸感完全真實，還是溫熱的皮膚：「做得真像，完全看不出來耶！」

「是啊。」風暮音點點頭：「我知道有人能夠做出這種和真人沒什麼區別的機器，據說是用來容納靈魂的容器。」

「真複雜……」金晨輝聽得糊里糊塗：「但是既然和真人一模一樣，妳又怎麼能確定他不是真的人呢？」

「我也不清楚，只是在碰到他的時候，就感覺到了。」風暮音也不想多做解釋：「先別說這些了，看樣子很快會有人到這裡來，我們最好還是先找個地方躲一下。」

「那、那我們要躲在哪裡？」金晨輝慌張起來，左左右右地跑著。

風暮音面無表情地心想，這次一定要好好看牢她。

如同風暮音預料，當她們躲好之後不久，一個穿著深綠色衣服的高大男人從半空中落了下來。

「緹雅殿下，您沒事吧？」男人很遠就開始打招呼。

沒有靈魂的機器美人顯然不會有什麼反應，風暮音卻覺得這個人的聲音似曾相識。

「殿下？」男人似乎也發覺了什麼不對的地方，謹慎地在一段距離外停住了：「您還好嗎？」

他在原地等了一會才慢慢靠近，隨著距離的接近，風暮音她們也看清了那張線條硬朗的面孔。

出乎意料的是，風暮音對這張臉非常陌生。

男人走近之後，盯著美人頸邊的傷口，表情變得奇怪起來：「原來是真的……」

風暮音腦中靈光一閃，終於明白自己為什麼對這個人的聲音感到熟悉，卻對他的臉感到陌生了。因為他就是和黑髮男一起在這個地方密謀的，那個全身罩著灰色斗篷的人！

金晨輝覺得風暮音抓住自己的手突然收緊，忍不住又打量了一下那個陌生的男人。那人腰上掛著的劍反射出冰冷光芒，綠眼在月光下有些詭異恐怖。也許是被風暮音緊繃的情緒傳染，她也開始惶恐不安起來。

男人走到了機器人面前，像是要做些什麼。

金晨輝立刻捂住了自己的嘴，生怕自己一不小心喊出聲來。

「會藏在什麼地方？」男人輕聲地自言自語：「是不是太簡單了一點……」

男人一邊說話，手倒是沒有閒著，從空殼美人的頭髮開始，靈巧而仔細地摸索著，甚至連背後和四周也沒有放過。顯然男人是想找什麼，不過從他臉上漸漸露出的疑惑和失望來看，似乎沒找到想要的東西。

「奇怪！」他起身退後了一步：「難道說——」

這句話還沒有說完，男人忽然回頭看了一眼，接著他似乎是使用了移動法術一類，頃刻間就從原地消失了。

男人離開後，不遠處就傳來了說話聲。接著兩個被朦朧光芒籠罩的身影，很快就從樹林裡走了過來。那是一對男女，他們都穿著層疊的薄紗衣服，走路輕盈得像是在地面上飄移。當走近之後看到躺在那裡的空殼美人，他們同時露出了焦急和憂慮，眨眼間就衝上前去。

在兩人低頭查看時，風暮音趁機觀察了一下，他們的容貌氣質和之前見到的那些神族不同。就算他們臉上表情非常沉重，四周也環繞著一種溫和的氣息，讓她忍不住地生出好感。

「卡特維，這下糟了！」淡金色頭髮的少女仔細檢查後，不安地對著同行的男性說：「身體的損壞雖然不太嚴重，但『那個』不見了！」

「鎮定一點！還不能確定是誰做的，如果說是涅烙倒也算了，就怕是……」叫卡特維的男人臉色也好不了多少：「恐怕這次藉口離開領地，還是讓『他』起了疑心。」

「不可能！」少女的臉色變得蒼白：「我們已經夠小心了，怎麼可能會被知道呢？」

「菲婭，妳太年輕了！如果妳經歷過那場變故，就能明白我為什麼說這是在鋌而走險！」卡維特嘆了口氣：「雖然出發前我就料到了這種可能，沒想到『他』居然真的如此毫無顧忌。」

「難道說……真的沒辦法了嗎？」菲婭幾乎要哭出來了：「卡特維大人，我們該怎麼辦？」

「好在『那個』離開身體太遠無法存活的事，似乎沒有被洩露出去。既然身體沒有被帶走，現在就還不用絕望。」卡特維的眉頭緊皺在一起：「不管怎麼樣，到了蕩滌城再說吧！」

他說完後揮了揮手，散開的花瓣慢慢地合攏了起來。

「卡特維大人，你找到緹雅殿下了嗎？」有一個聲音從背後傳了過來。

躲在一旁的晨輝看見正走過來的那個男人，差點失聲驚呼，就連風暮音也驀地一怔。

站在花朵旁的男女看到男人，卻一點也不驚訝，看來是互相認識。只是在回頭之前，他們不約而同地看了一眼面前完全合攏的花朵，臉上都露出了類似於慶幸的表情。

「修季爾大人。」菲婭有些勉強地笑了笑：「讓您擔心了，我王就在這裡，似乎也沒有大礙。」

「那就好了，我也很擔心呢！這裡畢竟是我的領地，要是出了什麼事，我也不好交代。」穿著深綠色衣服男人的個子很高，有著非常男性化的剛毅輪廓：「原來菲婭小姐也在，不過妳的臉色不太好，是不是出了什麼事？」

「這孩子剛才太過緊張，一時之間還沒恢復。」卡特維不動聲色地擋在菲婭面前：「非常感謝您的幫助，如果不是您及時解開了森林的結界，我王才沒有因為撞擊結界受到損傷。至於擅闖盟約森林的事，我們自然不會讓大人您為難的。」

「卡維特大人這是在取笑我嗎？」修季爾一臉苦笑：「我哪有本事解開天帝大人的結界？其實是因為不久之前，盟約森林附近的結界不知怎麼地消失了。這件事我已經上報聖城，正等著上面的指示呢！」

「是嗎？」卡特維和菲婭對視了一眼：「最近的確有許多令人不安的預兆，我王才會選擇在這個時候潔淨身心，前去創始神殿舉行萬物祭典。」

修季爾的表情也認真起來：「希望這次的祭典能夠順利完成。」

卡維特看著他，慢慢地點了點頭。

「修季爾大人，你知不知道那個會唱讚歌的是什麼人？」菲婭疑惑地提問：「還有，那種攻擊法術真的是使用了純淨光明之力嗎？」

「據說是一對奇怪的兄妹，他們自稱來自北方，可能是混有風族或其他種族的血統。除了這些，我們對他們一無所知。現在唯一的希望，就是找到他們。不過說實話，我心裡根本沒底！」修季爾皺了下眉：「沒有得到特許無法使用高階法術，何況飄渺城四周的抑制結界始終十分完好，按理是絕對不可能發生那種情況的。更別說那種純淨光明之力……我真的很傷腦筋！」

因為牽涉到了需要隱密的話題，修季爾說到這裡，臉上不免有些尷尬。

「咳咳……」卡特維也不願意再繼續這個敏感的話題：「修季爾大人，雖然現在沒什麼危險了，不過我們還是盡快離開這裡比較好！」

「這樣也好。」修季爾搶先一步說：「雅希漠大人應該是在攬月城等候緹雅殿下，不如我讓我的衛隊護送你們過去吧！」

「這……」卡特維想了一會才回答：「那就麻煩修季爾大人了。」

「哪裡的話。」修季爾誠懇地微笑：「雖然緹雅殿下是精靈族之王，但相信任何神族都會對他心懷尊敬，能有機會為他效勞，是我的榮幸！」

直到他們離開很久後，風暮音還是沒有移動，像是在思考著什麼。

「暮音。」金晨輝等得心急，忍不住小聲問她：「妳知不知道那些是什麼人啊？」

「那倒是不難猜測。」風暮音定了定神回答：「妳的衛兵朋友說過，飄渺城的城主就叫修季爾。後來的那兩個人是精靈，躺在花裡的那具身體，修季爾喊他精靈王……」

「他們真的是精靈嗎？」金晨輝懷疑地問：「為什麼沒有尖尖的耳朵，也沒有背著弓和騎著雪白的馬呢？」

「為什麼要是那樣？」

「電影裡的精靈都是那樣啊！」金晨輝扁著嘴說：「那樣的話，我一眼就能認出來了！這裡的精靈真是……」

風暮音看著她，一直到她自動消音為止。

「好了好了，我只是想活絡一下氣氛嘛！」金晨輝訕訕地抓頭，繼續提問：「不過那個修什麼什麼的人，他之前不是來過了，幹嘛又假裝什麼都不知道呢？還有，就是那個什麼維特還有那個女生，他們好像和修什麼什麼認識，不過好像雙方都沒有說實話，感覺他們……但是看起來又好像……天啊！我到底在說什麼！」

剛開始還算是有條理，但她越講越糊塗，最後連她自己都不知道在說什麼了。

「我怎麼知道。」風暮音拿起背包塞給她：「反正這些事和我們無關，只要記得別隨意說出去就行了，不然恐怕會有麻煩。」

「喔！」金晨輝抱著背包用力點頭，又嘆了口氣：「沒想到這個看起來美麗安寧的世界，好像很複雜的樣子……」

「這有什麼好感嘆的？妳以為這裡叫神界，這裡的人被稱作神，就是理想的世界了？」風暮音冷冷一笑：「其實都一樣，比起人類的世界，這裡混亂和複雜的程度恐怕也差不了多少。」

聞言，金晨輝嘆氣嘆得更用力了。

風暮音也不理她，轉頭看著正在泛白的天空，考慮接下去該怎麼辦。

「暮音。」身後的金晨輝忽然喊她：「這裡有個奇怪的傢伙！」

風暮音轉過頭，看到她正興高采烈地試圖抓住一隻蝴蝶。

這隻蝴蝶和四周飛舞的那些略微不同，雖然同是藍色，身體卻好像會發光的影子一樣。金晨輝伸手去抓時，那隻蝴蝶總是靈活地避讓過她的手指，但也不飛走，始終舞動著翅膀繞著她打轉，像是在和她玩耍。

「這傢伙不知從哪裡來的，一直跟著我呢！」金晨輝好像玩得很開心，做出各種動作，引得蝴蝶上下飛舞：「妳看妳看，它好像迷上我了！」

風暮音看著她奇怪的動作忍不住笑了出來，緊張的神經稍稍放鬆了下來。

「來啊！」金晨輝伸出手，那隻蝴蝶輕巧地落在了她手上。

風暮音的胸口忽然一陣發熱，她趕緊拉出了那塊燙得她發痛的水晶。水晶徽章立刻脫離了銀質的鍊子，飛到了金晨輝手裡，和原先停在她手上的蝴蝶融合在一起，一道閃光後，那塊水晶安然無恙地躺在了她的手心裡。

「這是……」金晨輝叫嚷起來，可她還沒說完，水晶就再次發出了刺眼的光芒。

風暮音趕緊遮住了自己的眼睛。

時間剛好接近黎明，一扇黑色的大門矗立在面前，似乎把天和地連接在了一起。這種場景風暮音已經非常熟悉，但是她想不通為什麼沒有使用界石也……

「暮音，好奇怪啊！」金晨輝呆呆地看著手裡的水晶：「沒有用那個石頭，也能打開這扇門嗎？」

「我不知道。」風暮音也相當不解。

和之前兩次的情況並不相同，這一次門是開著的，而且不是一條狹窄的縫隙，是完全地敞開，露出了門後噬人的黑暗。

「看起來好像有點可怕，我們……要進去嗎？」金晨輝走到風暮音身邊，把水晶遞了過去。

「說不定只有這次機會，難道妳想永遠留在這裡？」風暮音伸手去取，但當她的手指剛觸碰到那塊水晶時，水晶四周流轉的瑩瑩光亮卻像尖銳的刀子一樣劃了過來。

尖銳的刺痛迫使風暮音收回了手，她愣愣地看著那塊原本屬於自己的水晶，在晨輝的手中閃爍著拒絕自己的光芒。

「暮音！」金晨輝有些不知所措地看著她，「怎麼了？」

「我們還是不要穿成這樣，先換回自己的衣服好了。」風暮音轉過身，用不太在意的語調說著：「那個徽章妳先幫我收著。」

「喔！」金晨輝小心地把水晶放進自己口袋。

風暮音低下頭，握著頸邊空空的鍊子，被割傷的指尖因為過重的力道滲出絲絲鮮血。她不明白為什麼，不明白自己的心……為什麼會無法抑制地慌張起來。

「就是這兩個人給我製造了不小的麻煩。」提問的男人有著長長的黑髮和金色的眼睛：「您知道她們是什麼人嗎？」

「嗯。」另一個人靠在華麗的座椅中，慵懶地閉上了眼。

「需要我做些什麼嗎？」男人又問。

「不用了。」那人揮了揮手，地面上的影像剎那間消失不見：「做好自己的事吧。」

「是，請您放心。」黑髮男人退了出去，那個人則靜靜地靠在椅背上，像是睡著了一樣。

直到從敞開的窗外飛進來一隻雪白的小鳥，那人才微笑著睜開眼，看著鳥兒停在他抬起的手指上。

「事實總是出乎意料呢。」優美的聲音異常柔和，帶著銀色飾物的指尖滑過雪白的羽毛：「其實，真的有點可惜……」

他起身走到窗前，抬手放走了鳥兒。有著潔白羽毛的小鳥盤旋了幾圈後，才依依不捨地飛走了。

蔚藍的天空下，一眼望不到邊際的城市似乎匍匐在他腳下，微風撩起他閃耀著光芒的長髮，他愜意地看向天際……

「暮音妳不過來嗎？」金晨輝看她在原地不動，疑惑地問：「是忘了什麼東西嗎？」

「不，好像……」風暮音最後看了一眼：「沒什麼，應該只是錯覺。」

她們再次踏進了那扇黑色的大門，踏上了不知前途的命運之路。

大門緩緩關上，隨著燦爛陽光的到來，逐漸消失……

【第十七章】
Lies
and
Love

「原來魔界是這樣的啊！」金晨輝站在高處，滿帶笑意的臉有些蒼白。

「有些人不太能適應魔界，身體會覺得難受。」風暮音站在殘破的雕像下，抬頭看著她：「妳是不是不太舒服？」

「沒事沒事，剛才有一點點不舒服，現在已經好多了。」金晨輝指著某個方向，那裡露出了高高的塔尖：「暮音，妳要去的是那裡嗎？」

「是的，那就是『絕望之塔』，囚禁著我父親的地方。」

灰色的森林遮蔽了視線，但是遮不去感覺。

這一次，天青不在，強大的結界、可怕的魔王……到了這裡，迷惘不安再一次充滿了風暮音的內心。

「暮音的爸爸，是什麼樣的人？」金晨輝低著頭問。

「爸爸？」風暮音的嘴角揚起：「是一個很溫柔的人，就算全世界的人都背棄我，他也會一直保護著我。」

「真令人羨慕呢！」金晨輝蹲在那裡，露出嚮往的表情：「要是我有這樣的父親該有多好！」

風暮音笑了起來，不安感頓時削減不少。

「就像是在月光裡盛開的曇花，只要一不小心就會錯失的美麗。」金晨輝盯著風暮音的臉，有些失神地說：「暮音，妳還是不要經常笑比較好。」

「妳在調戲我嗎？還是暗示我是個花痴？」風暮音看向金晨輝剛才所指的方向：「如果有這種閒時間，不如想想怎麼樣才能進去那座塔吧！」

「唔……四周的結界好完美！」金晨輝微微皺起眉頭：「如果找不到破綻，我們要怎麼辦？」

「不怎麼辦，直接過去就好了，這次我不會失敗的！」風暮音往結界那裡走去。

「什麼直接過去就好？」金晨輝無奈地看著她的背影：「妳一直都很冷靜，偏偏有時候又比誰都魯莽，這樣奇怪的個性讓人很難適應耶！」

依然是抗拒一切接近的結界。

汗水自額間滑落，滴到地面，風暮音咬了咬牙，艱難地朝前邁進。

不是不願意用更安全穩妥的辦法，但是沒時間選擇了，這也許是最後的機會，就算耗盡所有力量，她也不能退縮！

「真傷腦筋……」金晨輝嘆了口氣，把背包扔到地上：「到底是誰比較任性啊！」

風暮音的意識開始混亂，她踉蹌幾步差點摔倒時，一雙柔軟的手扶住了她，金晨輝微笑的臉龐映入她眼中。

「怎麼能把我這個最佳搭檔扔在一邊，一個人搶盡風頭呢？」金晨輝朝她眨了眨眼：「太不夠朋友了吧！」

「妳……」風暮音正要叫她躲遠一點，卻見她從腰帶裡抽出了一把軟劍，說出口的話就變成了：「妳一直隨身帶著這種東西嗎？」

「這是必備的防身武器啊！」金晨輝用手指彈了一下劍身，驕傲地說：「這次終於可以讓妳見識見識我的真本領了！」

「真本領？」風暮音的腦海裡浮現了她拿防狼噴霧殘害動物的畫面：「我還以為我見識過了……」

金晨輝抱著劍閉上了眼，風暮音看到光芒從她胸前射出，包裹在劍身上。眼前都是金色的光，就像陽光一樣穿破了混沌黑暗的天空。

這就是晨輝的力量嗎？這也……太驚人了！

風暮音在原地轉了一圈，表情呆愣地看著四周。

沒有了！沒有結界，沒有禁錮的力量，什麼都感覺不到了！

風暮音還沒來得及表達自己的驚嘆，就見金晨輝一下子往前倒去，連忙上前拉住了她。

「妳沒事吧？」看金晨輝的臉色慘白不已，她不免有些擔心：「是不是受了傷？」

「怎麼可能！我可是很強的！」金晨輝喘著氣，勉強地擺出了勝利的手勢：「怎麼樣？我就說我能行吧！」

「是很厲害。」風暮音扶著她，一直走到尖塔下方的臺階那裡坐了下去：「妳真的沒事嗎？」

「沒什麼，用力過度而已。」金晨輝對她搖了搖頭，示意自己沒事。

「那妳留在這裡休息一下，我自己上去就行了。」風暮音把背包拿了過來，讓她靠在上面：

「我很快就會回來，然後我們再一起離開。」

「妳小心一點，我在這裡等妳。」金晨輝虛弱地笑了笑：「暮音，為了爸爸，要加油啊！」

沿著塔外盤旋而上的樓梯，風暮音一口氣跑上了塔頂。

頂層是一條長長的走廊，盡頭似乎各有一扇緊閉著的門，風暮音沒有絲毫遲疑，直接往左面那扇門跑了過去。

腳步慢慢放慢……直到在門前停了下來。

她把手平放在門上，隨即卻蜷曲了手指……她把另一隻手按在胸前，靜待心跳平穩下來，然後深深地吸了口氣，用力推開了沉重的大門。

空蕩的房間裡，有一個人背對著風暮音站在窗戶前，窗外的落日讓她看不清楚那人的樣子，但是……她根本就不需要看清，因為對她來說，不論過去了多少時間，她都不可能忘記這個背影。

「爸爸……」她的聲音很輕很輕，就像害怕嚇到了誰。

那個人轉過身時，原本就昏暗的天空頓時失去光明，黑夜突然降臨了。

但還是有光，一種輕柔又朦朧、卻能照亮四周的光。不知因為衣服或者是其他原因，那人籠罩在一種極其美麗的光芒中。他的頭髮像是淺藍又像是淺綠，頭上戴著一頂黃金的冠冕，繡著繁複圖案的金色綬帶和直垂的長髮一起披落在地面。他的頭髮整齊地向後梳起，露出了飽滿的額頭，和那雙能讓人聯想到生命中一切美好事物的眼睛。

「爸爸……是你嗎？」雖然感覺告訴風暮音是的，但是他的外表……就和那個人一模一樣……那個在遙遠神界，躺在花朵中的美麗傀儡，被稱作精靈之王的男人。

如果是她的父親，怎麼可能有著和精靈之王一模一樣的外表？

那人轉身看到了風暮音，一時似乎愣住了。兩人就這麼對望著，眼裡都有著相似的疑惑。

「暮音？」雖然聲音很輕，也同樣充滿了不確定，但的確喊的是她的名字。

眼前的人那麼年輕，和她記憶中父親的模樣也相差太遠，風暮音在確定和不確定這兩種完全相反的感覺裡猶豫不決，直到……聽見他喊自己的名字。

「是我……」風暮音的笑容和聲音都有些顫抖：「爸爸，你答應我很快就回家的，我等了你很久，想你一定是又迷路了，只能自己來把你找回去了。」

這個人是她的父親，有什麼好懷疑的呢？雖說外表不同，但是那微笑、那溫柔的目光，那是父親的目光和微笑，她是絕對不會認錯的！

「暮音！」他在愣然之後也笑了，朝自己的小女兒敞開了雙臂。

風暮音跑了過去，投進了那個分別已久的懷抱。

「我的小公主。」溫暖的大手撫過她黑色的頭髮：「我只是離開一會，妳已經長這麼大了啊！」

「因為你走了很久了。」風暮音閉著眼在熟悉的胸膛裡蹭了蹭，就像她以前最愛做的動作：「十二年，怎麼可能只是『一會』啊……」

「也是。」藍緹低頭看她：「對於一個孩子來說，十二年的確是很久了。」

「爸爸。」風暮音抬起頭：「你不是人類，對不對？」

「是的。」藍緹表情平靜地承認：「我的全名叫做藍．緹雅，是神界精靈族的王，妳記憶裡的我，只是為了在人類世界生活變化出來的模樣。」

「精靈？」風暮音碰了碰他顏色奇異的頭髮：「我的爸爸是一個精靈，真是不可思議……」

「那是一個很長的故事。」藍緹臉上的笑容有些變淡了：「我們的出身是無法選擇的，如果可以的話，我……」

「等我們離開這裡以後，你再慢慢說給我聽吧！」風暮音打斷了他：「晨輝還在下面等我們，趁沒有被發現，我們快點走吧！」

「晨輝？」藍緹一直平靜緩和的表情忽然變了，一把抓住了她的手臂：「什麼晨輝？誰和妳一起來的？」

「是和我一起來的朋友。」風暮音錯愕地回答：「如果不是她，我也沒有辦法解開魔王的結界。」

「為什麼把她帶來？」藍緹收緊手掌：「妳不知道這裡有多麼危險嗎？為什麼要帶不相干的人來？」

「爸爸……」風暮音一時說不出其他的話，只能訥訥地說：「你抓痛我了……」

藍緹鬆開了手，往後退了一步。風暮音低頭看了看自己發紅的手腕，再抬頭看著他。

「對不起。」藍緹輕聲地嘆了口氣：「我太激動了。」

「不。」風暮音微微垂下眼睫：「是我不好，我不應該……」

「不論是什麼人，都不應該被牽扯進這麼危險的事情來。」藍緹伸手碰了碰她頰邊的頭髮：「暮音，我不是在怪妳。妳本來就不該來這個地方，更不該把不相干的人帶來，妳知道嗎？」

風暮音微微一笑。

她不明白！她的心裡一點也不明白自己有什麼不應該的！她想大聲地問為什麼。

分別了這麼久，最疼愛她的父親為什麼不是關心她好不好，而是去管一個根本不認識的人危不危險？可是她還是什麼都沒說……

自己已經不是一個七歲的孩子，也早就忘了怎樣對溺愛自己的父親任性撒嬌。

所以她只能告訴自己，父親一直是溫柔善良的，他不願看到有任何人受傷。但是……總有些什麼在她心裡徘徊不去，就像是一片烏雲……

「爸爸，我明白你的意思。」看到父親臉上的為難懊悔，風暮音的心立刻變得柔軟下來，連聲音也不由自主地放輕：「那麼，我們現在就走吧！」

「不行。」藍緹卻出乎意料地搖了搖頭：「我不會離開這裡的。」

風暮音一下子愣住了。

「為什麼？」她甩了甩頭，努力克制著從心底的不安：「是有必須留下的理由，還是什麼不得已的原因？」

「妳先不要著急，很多事並不是妳所看到的那樣。」藍緹看著她，目光裡帶著沉重：「因為一個承諾，我必須留在這裡一段時間。精靈是最重視承諾的，所以我暫時還不能離開這裡。」

「不行！」風暮音拉住他層疊寬闊的袖子：「我好不容易找到了你，你要和我一起回家！我想回到以前，能和你一起生活的時候……爸爸，跟我回去吧！我們就像小時候一樣一起生活，好不好？」

「傻孩子，時間一旦過去，一切就會改變了。」藍緹溫柔地笑著，把她摟進懷裡：「我能成為妳的父親，就已經很高興了。暮音，我想妳應該能夠理解的。」

「我也以為你可以體諒我的心情……」風暮音忽然抬起頭問他：「多久？」

「什麼？」

「你的承諾是多久？」風暮音拉著他問：「爸爸，你要留在這裡多久？也是永遠嗎？」

「不，雖然時間不能確定，但是最多不過幾百年，只要等到某一個特定的時機就可以了。」

藍緹想要解釋：「其實對於我來說，幾百年不能算很長的時間。」

「幾百年？」風暮音喃喃地說：「我能活那麼久嗎？」

藍緹沉默了一會，才回答她：「一般來說，其他種族和人類的混血後代，壽命和人類是相同的。」

「承諾結束的時候，我早就死幾百年了！」風暮音咬著嘴唇：「難道說在你心裡，自己的女兒比不上一個承諾嗎？」

「不要這麼孩子氣。」藍緹有些無奈，又有些傷感：「暮音，妳已經是個大人了啊！」

還記得小的時候，總說不論我長得多大，在你眼裡永遠都是個孩子！可是你現在卻對我說這樣的話，究竟是為什麼呢？

風暮音呆呆地看著他，硬生生地把這些話咽了下去。

「對不起……」藍緹立刻意識到了風暮音的情緒變化：「我也希望像以前一樣和妳一起生活，不過妳應該明白，我們不能要求所有事情和理想中一樣。」

「為什麼要說對不起？」風暮音低下頭，往後退了一步：「為什麼要對我說對不起？我來找你不是為了聽這樣的話，我只是想帶你回去……」

「我知道妳恐怕一時難以接受……這是什麼？」藍緹說著說著，忽然把她的手翻轉過來，表情變得有些奇怪：「為什麼妳的手上會有這個？」

「四葉草。」風暮音看著自己手腕上的綠色印記：「有人說這是幸福的咒語，他希望我能夠幸福……」

「不，這個……」藍緹有些焦急，卻不知道該說些什麼才好：「這是——」

「這是一個玩笑吧！」風暮音不知道自己怎麼會說這樣的話：「真的是很好笑，世上哪有什麼幸福的咒語？」

藍緹沉默下來，兩人就這麼面對面站著。

「暮音，這些事我們晚一點再說，妳先把妳的朋友帶上來吧！」藍緹輕輕地嘆了口氣：「一旦席狄斯來了，她在這裡會比較安全。」

風暮音點點頭，默默地轉身往門外走去。

「暮音，妳也要小心一點！」藍緹在她身後說著。

暮音沒有回答，她走了出去，反手關上了大門。

藍緹慢慢走到房間另一邊，拉開了蓋在架子上的黑布。

那是一張畫像，畫上有一位美麗年輕的女性，正微笑著凝視懷裡的嬰兒。就像每次看到這幅畫時一樣，藍緹先是露出了笑容，接著是掩藏不住的痛苦。

「妳看到了嗎？」他對著畫像輕聲說：「小暮音已經長大了，雖然和我想像中有所不同，但作為她的父親，我還是覺得非常高興。只是不知道我們……雨，讓她一個人背負這些，我們是不是太過殘忍了？」

他用手指輕觸碰著畫像中的母女，深邃的眼裡就像一片憂傷的海洋……

風暮音背靠在門上，心底翻騰著複雜的情緒。

是什麼地方不對？到底是什麼地方出了問題？一個是這樣，兩個是這樣，到底是怎麼了？為什麼伸出了手，卻什麼都碰不到？

不，不該是這樣的……難道說時間真的可以改變一切，以為永遠不會改變的事物，就這麼輕易地輸給了時間？

她失魂落魄地沿著走廊去，走出很遠才回頭看了一眼。

進那扇門前她滿懷喜悅，但是從那裡出來的時候，她已經不知道自己是什麼樣的心情了。她沿著石階往下走，那些似乎沒有盡頭的迴旋讓她覺得暈眩。就像明知自己正在被什麼東西吞噬，卻又無力反抗……

風暮音愣愣地盯著腳下的黑色東西，過了一會才反應過來那是什麼。

晨輝的背包怎麼會在這裡？她不是應該在塔下等自己嗎？風暮音一個激靈，連忙抬頭看了看，發現自己還是在高塔中間的位置。

一片黑暗的天空，四周異常安靜，也沒有半個人影。風暮音走到臺階邊緣，探頭往下看去，深不見底。

「是什麼東西不見了？」背後有道聲音問她。

風暮音轉過頭，眼前一片漆黑，感覺像是有輕柔的絲綢滑過了臉頰。

【第十八章】
Lies and Love

他高挑而修長，至少比風暮音高出近十公分，蒼白的膚色在黑暗中非常醒目。他正半垂著深邃的紫色眼睛，唇邊帶著邪魅迷人的微笑，極為專注地看著風暮音。

風暮音一看到這個衣飾華麗、外表出眾的男人，卻只感到四肢冰冷，說不出的恐懼蔓延心底。她不由自主往後退去，完全忘了這麼做有多危險。

男人在她一腳踩空、往後摔倒時，及時抓住了她的手臂，把她拉到了靠著塔身的內側。

「魔王……席狄斯！」雖然沒見過他的真面目，風暮音還是一眼就認了出來。

「這應該算是個驚喜。」席狄斯嘴角的笑容加深：「誰又知道居然會有這樣的結果呢？」

「你把晨輝怎麼了？」或許是存有了僥倖心理，風暮音一直拒絕考慮這種情況的發生。所以真正到了要面對的時候，她有種措手不及的感覺。她本能地往後退去，直到背貼上灰色巨石，再沒有地方可退。

「妳這是在質問我？」席狄斯反問的口氣相當平靜：「應該是妳先違反了契約吧！」

「不管怎麼說，晨輝和這件事完全無關，你不應該……」她的聲音越來越小。

「妳說『不應該』？」果然，席狄斯就像是聽到了什麼有趣的笑話：「世上有什麼我『不應該』做的嗎？只要我高興，做什麼不可以？」

風暮音的手握緊成拳，臉色也一下子變得極為難看。她在心裡責怪著自己，明知道有危險，哪怕她再怎麼急著想見到父親，也不該把晨輝一個人留下。

「妳關心她做什麼？」席狄斯收起了笑容：「難道沒有人教過妳，對於拿來利用的東西，是不該產生感情的嗎？」

「夠了沒有？你到底想從我這裡得到什麼？」風暮音低下頭：「難道折磨一個渺小的人類，對於無所不能的魔王來說很有趣嗎？」

「怎麼了？明明已經見到他了，怎麼還一副受了委屈的樣子？」席狄斯並沒有因為她的無禮勃然大怒，反而用一種奇怪的口氣問：「那個固執死板的傢伙欺負妳了？」

風暮音不明白這句話的意思，忍不住抬起頭看他。

「妳真的以為那種程度就能破壞我的結界？如果不是我願意讓妳見到他，妳根本沒有機會靠近這裡。」席狄斯滿面笑容地走了過來：「暮音，既然見過他了，應該多少有所領悟了吧！」

「你在胡說什麼？還有……請你不要這樣叫我的名字。」風暮音戒備地盯著席狄斯，他的態度讓她非常不安。她還清楚記得，上一次見面時，這個殘忍可怕的魔王完全不是這樣的。

「不錯，我曾經希望看到妳痛苦，但現在已經改變了主意。」席狄斯似乎能猜到她每一個想法：「至於原因？我想妳還不至於那麼愚蠢，否則我會非常失望的。」

「不，我不知道。」風暮音用盡所有力氣，才撐住了發軟的雙腳：「我只知道，夜那羅告訴我，你的問題根本沒有答案。你從來就沒有打算把我父親還給我，所謂的契約根本就不公平！」

「只要能夠達到目的，手段和理由之類的並不重要。」席狄斯眼中飛快地閃過了什麼：「想成為勝利者，就要徹底拋棄『公平』這種愚蠢的想法。公平從不存在，那只是用來掩飾失敗的藉口。」

「我沒有必要掩飾失敗，我只是一個人類，輸給你並不是多丟臉的事。」

席狄斯的臉忽然在她面前放大，她嚇了一跳，背靠著牆坐了下去。

「人類？」席狄斯彎下腰，一把托起她的臉龐：「妳一口一個『人類』，可妳看看妳自己，有多少地方像是一個人類呢？」

「那是因為我們的契約……」說到這裡的時候，風暮音想到了自己身為精靈的父親，從嚴格意義上看，她的確不能算是真正的人類了。

「契約？的確應該說說這個契約。」席狄斯更加地靠近她：「如果不是這個心血來潮的契約，也許我到現在還被蒙在鼓裡。」

兩人的距離很近，有一種並不濃郁卻很特別的香氣從席狄斯的身上散發出來。和天青那種純淨的氣息完全不同，席狄斯身上的味道像是不知名的甜美花香，令人忍不住想靠近。

風暮音一時之間有些恍惚，心臟居然不受控制地多跳了兩拍。

「妳知道我有多麼驚喜嗎？」席狄斯微微瞇起了眼，幾乎是貼著她的耳朵輕聲地說：「如果我不是魔鬼，我甚至會萬分欣喜地感謝上天，因為這對我來說實在是太重要了。」

這句話被他說得曖昧至極，像是情人在耳邊訴說的肉麻對白。有些昏暗的光線裡，風暮音失神地看著他輪廓優美的側面。

「暮音，妳應該跟著我。」他用低沉磁性的嗓音喊著她，尖利的指甲輕柔地在她臉上流連：「願不願意到我的身邊來呢？」

發聲吐氣間，溫熱的氣流拂過風暮音的臉頰，她完全被迷惑了，差點就要點頭同意。

讓她猛然清醒過來的，是席狄斯的眼睛。

不論聲音多麼動聽，笑容多麼魅惑，外表多麼迷人，席狄斯暗紫色的眼睛卻閃爍著噬血光芒。透過這雙眼，風暮音看到了一個披著美麗外皮的殘忍魔鬼。她倒抽了一口氣，迅速把頭往後仰，拉開了和他過於靠近的距離。

「你做什麼！」她急促地說著：「把爸爸和晨輝還給我！」

「晨輝是指那隻有著美麗眼睛的小貓嗎？」席狄斯慢慢地站直了身體：「作為妳違反契約的賠償，我收下她了。」

「你說什麼？」風暮音差點以為自己聽錯了：「晨輝她不是一樣東西！」

「在這個地方，我是唯一的主人，妳現在看到的任何東西都是屬於我的，包括妳自己在內。」

席狄斯居高臨下地俯視著她：「難道妳以為違背契約是不需要付出任何代價的？」

「就算是那樣，違背契約的人是我，和她有什麼關係？」

「妳說得也對。」席狄斯竟然點頭，露出思考的表情：「不然這樣，兩者之中我讓妳帶走一個，妳要選誰呢？」

風暮音愣住了。

「妳可要好好想想啊！」席狄斯的笑容在風暮音看來簡直邪惡透頂：「要是妳選了小貓，妳永遠沒有機會再見到妳的父親。要是妳選了父親，結果當然也是一樣，和小貓說再見吧！」

所謂魔族，最喜愛看到他人在絕望和希望間掙扎。

風暮音看著席狄斯，腦中迴盪著夜那羅說過的話。

「妳在猶豫什麼？」席狄斯身上的黑色長袍緩緩飄蕩，像是要把風暮音捲進無底的黑暗中一樣：「難道和父親相比，小貓更重要嗎？」

晨輝和爸爸相比？不，那當然是不能比的。

可是……

「不過是一個無關緊要的『朋友』！」席狄斯用嘲諷的語氣加重了最後兩個字：「只要把她留下來，妳就可以毫不費力地帶走妳的父親。之後妳就把這件事徹底忘了，不是很好嗎？」

其實，沒有人知道晨輝和她來了這裡……

「妳已經盡力了，不是嗎？」席狄斯再次彎下了腰，冰冷漆黑的頭髮滑過風暮音的臉龐：「妳根本沒有力量反抗我，按照我的要求做出選擇才是最明智的。」

自己根本不足以和魔王對抗，結果只可能是……

「再說，妳帶她來，也只是想要利用她的力量，現在她沒有任何價值了，還留著做什麼？」

是嗎？原來自己沒有堅定地拒絕晨輝，把她帶到這麼危險的地方，只是因為她的力量幫得上忙嗎……

「暮音，妳可以欺騙任何人，但絕不能欺騙自己。」席狄斯勾起嘴角：「來吧，好好想想，然後服從心中的願望，選擇妳最想要的。」

最想要的，當然是……

「我想要……」在席狄斯的注視下，風暮音如他所願地開了口。

「實在令人意外！」就在這個時候，有一道低沉動聽的聲音在說：「從什麼時候開始，魔王殿下和神司大人有了一樣的愛好？」

「你這個說話總是帶刺的傢伙，為什麼能被稱作光明之王？」席狄斯一臉惋惜地看著風暮音：「還有，為什麼在重要的時刻，會有正義的騎士跳出來攪局呢？」

風暮音微仰著頭，席狄斯湊了下來，在她的額頭輕輕印上一吻。這個吻並沒有想像中的冰冷可怕，席狄斯的嘴唇溫熱而帶著香氣，風暮音幾乎是能夠從中感受到令人怦然心動的溫柔。

席狄斯轉身的那瞬間，凝視著風暮音的眼神有些細微改變，那雙紫色的眼睛仍然暗沉，但不再只有陰冷……

風暮音怔怔地看著，直到不知何時颳起的強風，讓滿身冷汗的她猛地打了個寒顫。

不知從何而來的大片雲霧跟隨著猛烈的風，在風暮音身邊飛快流動，當她終於能把自己的視線從席狄斯身上移開，才發現周圍已是一片雲海。

「不對不對！你看我有多糊塗，怎麼還在你面前提起那些陳年往事呢？光明之王這名字早就不復存在，應該稱你為蒼穹之王才對。」面對著濃密雲海，席狄斯身上輕柔的絲綢衣服在風中飄揚不定：「但是，你身為神族聖王卻私下和敵對的魔王見面，要是這個消息傳了出去，恐怕會引起很大的風波啊！」

「您是在拿我開心嗎？」聲音聽起來近在咫尺，但說話的人其實和他們相隔很遠：「像我這樣微不足道的小人物，您直接叫我的名字就可以了。至於那個尷尬的稱呼，就請您省略吧！」

「連唯一能代表昔日輝煌的姓氏，你都要捨棄了嗎？被奪走了原本該屬於自己的一切，你真的無動於衷嗎？」席狄斯笑得有些不懷好意：「金，我記得你不是這樣軟弱順從的人啊！」

風暮音抬起頭，仰望著空中若隱若現的奇特黑影，在雲霧聚散的瞬間，終於看清了它的模樣。

鹿角、蛇身、魚鱗、鷹爪、口角有鬚，吞雲吐霧……這分明是人類傳說中叫做「龍」的神物。

一條黑色巨龍盤旋在雲霧間，他穩穩站在龍的背上，寬闊的長袖被風吹動，幾乎和他墨黑的長髮糾纏在一起。

「金先生……」風暮音失神地呢喃。

「看來我錯過了許多有趣的事啊！」席狄斯垂下眼眸，目光從風暮音身上滑過：「金先生，我想我需要你的解釋。」

「殿下是魔界歷來最有智慧的君主，應該多少猜到了經過，我就不多費唇舌了。」就算面對著可怕的魔王，金先生依舊和平時一樣從容自若：「我只是希望您不要誤會，這絕不代表著對您的藐視。」

「是嗎？你要是不說，我還真的差點誤會了。」席狄斯眼中閃過殘謔嗜血的光芒：「那到底是為了什麼？你們到底為什麼要隱瞞……」

「殿下。」金先生打斷了他：「您也知道，現在還不是最適合的時機。」

風暮音一頭霧水地看向席狄斯，可一對上那雙妖異的暗紫色眼睛，她就覺得渾身發冷，趕緊移開了視線。

看到她慌張閃躲的樣子，席狄斯的嘴角慢慢浮現了微笑。

「現在的確還不是時候，那我就等著。」席狄斯的心情似乎變得很好，說到這裡他停了下來，低笑了幾聲：「我倒要看看，最後這齣鬧劇會怎麼收場。」

金先生並沒有回應，因為距離遙遠，也看不清他的神情。

「好了，我可愛的小精靈。」席狄斯忽然扣住風暮音的下巴，強迫她看著自己，對著她輕聲細語：「在更加合適的時間到來前，我不會再插手。」

朝她吹拂過來的黑色長髮如同一張密密羅網，又一次將她的視線籠罩在黑暗中，讓她只能看見席狄斯那張妖邪可怕卻又充滿奇異魅力的臉。

「不……」風暮音抗拒的聲音微弱到連她自己都聽不清楚，明明沒有遭到束縛的感覺，她卻連動動手指也做不到。

「我的公主，妳要記住。」席狄斯最後這句話幾乎是貼著她的耳朵說的：「如果有一定要得到的東西，那就順從內心最深處的渴望。只有讓一切阻礙消失，才能得到妳想要的。」

之後，席狄斯好像還和金先生說了些什麼，風暮音卻已經一個字也聽不進去了，她的腦海裡迴盪著席狄斯的話。

只有讓一切的阻礙消失，才能得到妳想要的。

只有讓一切的阻礙消失……

她只覺得頭痛欲裂，席狄斯到底對自己做了什麼，剛才她竟然會……一聲長長的嘆息傳入了耳中，她眼前的暗黑不知何時被潔白取代了。

「風小姐。」金先生的聲音變得真實而接近。

風暮音抬起頭看著他，一臉驚惶。

「暫時沒什麼危險了。不過，妳們兩個也太不知……」金先生看到她不知所措的樣子，只能把責備的話咽了回去：「算了，先跟我回去再說吧！」

風暮音慢慢集中起了渙散的目光，

「能站起來嗎？」金先生問她。

她胡亂點點頭，但試了幾次雙腳都抖得厲害，完全使不上力。金先生看到她這樣也沒說什麼，只是把手伸到她面前。風暮音猶豫了一下後，她深吸了口氣，握上了金先生一直在等待的手，借助著他的力量站了起來。

金先生在確認風暮音能自己站穩後，才鬆開了手。

「那個，晨輝她……」風暮音已經回過了神，反手抓住金先生寬闊的衣袖。

「妳不用擔心，她沒事。」金先生輕輕掙開了她：「而且席狄斯已經把她送回來了。」

風暮音順著他示意的方向看去，果然看見金晨輝已經躺在了那裡。她舒了口氣，總算放下了心。

「我們走吧！」金先生走到金晨輝的身邊，彎腰抱起了她：「在魔界待得太久，對妳們的身體有害。」

「等一下！」風暮音喊住他。

「妳還想做什麼？」金先生轉過身來，表情很不耐煩：「不管什麼事，等離開後再說吧！」

「我要帶我爸爸一起離開這裡。」風暮音用力咬著嘴唇，希望疼痛能夠讓自己更加清醒堅定：「我就是為這件事情來的，沒有理由放棄。」

「不知死活！」金先生冷冷地說：「妳能保住自己的命已經算運氣好了，那種不可能的事情還是早點死心吧！」

「我很感激你救了我的命，但那並不代表我必須按照你的話去做。」

「跟我講話的時候，妳倒是很有勇氣嘛。」金先生勾起嘴角，目光卻犀利得讓人感到刺痛：「這種倔強死硬的脾氣，在面對席狄斯的時候去了哪裡呢？」

「請你帶著晨輝走吧！替我告訴她，害她捲進我的麻煩裡，我覺得很抱歉。」風暮音沒有為自己辯白，只是握緊了拳頭轉過身，準備再次前去塔頂。

「真是……」金先生細微的聲音在風裡散開，隱約能聽出那是在抱怨。

在風暮音的印象裡，金先生是個高傲而自負的人，哪怕面對的是統治魔界的魔王，他流露出的也不是膽怯畏懼。風暮音甚至覺得，如果不是有所顧忌，不論在任何方面，金先生甚至足以和魔王分庭抗禮。所以，就算他表現得再恭敬，想必在平靜的外表下，已滿是怒火。

而她就像金先生說的那樣，非但不知死活，面對魔王時更變成了膽小鬼。

她也沒有想到會變成這樣，記得上一次見面時，雖然始終坐在那裡，看不清面目的魔王，從氣勢到力量都讓她覺得無法與之抗衡，但至少她還能靠意志支撐下來。直到這一次，當席狄斯這麼近地站在面前，她才知道自己錯得多離譜。

這才是魔王真正的實力，絕對的強者！

她的腦中剩下一片混沌，身體和靈魂像是被困在沒有一絲光亮的牢籠裡。心裡不願認輸，身體卻完全背叛了意志，這令她覺得羞恥，感到難堪……

但是，再怎麼難堪羞恥，她也不願放棄和父親一起離開的念頭！不論怎樣也好，只有這點，她不會退讓！

風暮音加快腳步，一路跑回塔頂。

眼看著連接走廊的拱門出現在面前，她跨上了最後一個臺階。

「我說過了……」有人在她身後說著，她卻沒來得及聽完全部。

風暮音的手還沒碰到那扇拱門，人卻已經被彈飛了出去。那扇門在她面前三百六十度地翻轉後，離開了她的視線。接著，她甚至連疑惑和害怕的情緒都來不急產生，整個人就開始下墜了。

似乎聽到了一聲尖叫，高塔的頂端在她眼中越變越小，風聲自耳邊掠過，風暮音才意識到自己從塔上摔了下來。

急速的墜落讓她感到眩暈，總覺得過去的自己也體會過相同感覺……對了，是在有一個綠眼睛的傢伙說要永遠陪著自己的時候……

她覺得昏昏沉沉，一切就像是不真實的夢境，卻很清楚自己可能就要摔得粉身碎骨了。在即將面臨死亡的前一刻，她朝天空伸出了手，看著手腕上那個綠色的圖案，眼前變成了一片白茫茫。

永遠，多麼奢侈的承諾……

微微彈跳了一下後，風暮音感覺像是落在了一個柔軟的地方。她慢慢睜開眼，發現自己正躺在一團長而軟的黑色鬃毛上。

巨大的眼睛就像鏡子一樣映出了她的身影，黑龍回過頭看了她一眼後，繞著高塔平穩地往上飛去，直到塔頂才停下。

金先生就站在最靠近拱門的臺階上，已經醒來的金晨輝跪坐在他腳旁，看到風暮音被救上來，露出鬆了口氣的表情。

「暮音。」她半跪著，靠向躺在黑龍背上的風暮音：「妳沒事吧？」

風暮音用手肘撐起了身體，強忍著五臟六腑翻攪中的感覺，臉色煞白地搖了搖頭。

「沒事就好！妳知不知道，剛才差點把我嚇死了……」金晨輝勉強笑了出來，但一秒鐘都沒有維持，笑容就垮了下來，眼裡閃爍起晶瑩的水光。

「妳哭什麼？」風暮音開了口，聲音乾啞得讓她自己都嚇了一跳：「我還沒死呢。」

金晨輝看她要從龍背上跨過來的樣子，急忙想伸手扶她，沒料到眼前一花，金先生已經擋在了面前。

「妳到底在堅持什麼？」金先生看著風暮音，怒氣終於消退了一些：「難道非要我說清楚，妳才肯死心嗎？」

「那再好不過了！」風暮音站都站不起來，但眼神裡依然充滿固執：「我就是不明白為什麼，請你清清楚楚地告訴我，一切到底是為了什麼？」

有一剎那，金先生竟然無法直視那雙倔強的眼。

「妳應該能夠感覺得到，這是他自己布下的結界。既然他不願見妳，就代表他不會和妳一起走了。」金先生回頭看了一眼那扇拱門：「雖然精靈族天性溫順，但是他們非常堅守承諾和誓言，妳用任何方法，都不可能改變他的決定。」

「爸爸他為什麼……」為什麼會立下這樣的誓言？

「他不告訴妳原因，就代表他不希望妳知道。」金先生皺了下眉：「不過我可以告訴妳，他留在這裡更安全。」

風暮音一怔，立刻想起了那些長相猙獰的怪物和那個形跡可疑的「城主」……

「等等！」金晨輝疑惑地看著他們：「你們到底在說什麼？你認識暮音的爸爸嗎？」

「我還沒有問妳，妳倒先質問起我來。」金先生先看了金晨輝一眼，等她不情不願地閉上了嘴，才看向風暮音說：「妳再冷靜地想想，再決定要不要跟著我回去。」

風暮音垂下頭，她當然不願意就這麼離開，理智卻在這時跳了出來，告訴她這不是一個好主意。

「暮音。」金晨輝堅定地告訴她：「妳不走的話，我也會留下來陪妳。」

過了很久，風暮音用力地閉上眼，萬分沮喪地說：「為什麼他連說聲再見的機會，也不肯給我呢……」

在一片黑暗中，他們乘著龍飛上天空，慢慢進入了令人窒息的濃密雲層。

是她選擇了離開，但在心底，她卻覺得自己是被拋棄的……風暮音看著那座離自己越來越遠的高塔，看著離自己越來越遠的父親。

「暮音。」一雙纖細的手臂從身後摟住了她：「沒關係的，總有一天我們能把妳爸爸救出來的。」

「真的嗎？」風暮音毫無把握地問：「為什麼我會覺得，我已經和他離得很遠了呢？」

風暮音的外套在風裡獵獵作響，漆黑的頭髮凌亂地飛揚著，她蒼白的側臉在其中若隱若現。

金晨輝還在想該怎麼安慰風暮音才好，手臂已經被她輕輕地拉開了。

雖然靜默之門已經隱約出現在了前方，雖然風暮音就在觸手可及的地方，但金晨輝仍覺得黑暗在身邊窺伺……

【第十九章】
Lies and Love

這一次短暫的旅行，讓風暮音感覺到前所未有的疲倦。她跟著金先生回到安善街後，幾乎是一躺下就立刻睡著了。

她覺得自己睡了很久，甚至可能睡了幾天。再睜開眼睛時，她看見月光穿過古舊精緻的花窗，在青石地板上繪製出繁複美麗的陰影。

幾個毫無關聯的畫面閃過她的眼前。

明媚陽光裡，M醫生笑著對她說早安，父親把她抱在膝蓋上，看她拆著一個又一個的禮物。

風雪一塵不染的房間裡，那個只有黑色衣服的衣櫃。

古老的詩集上，寫著「請把我的骸骨埋葬在地底深處的黃泉」。

白色大理石上流淌著鮮血，長長的銀色頭髮和完美的側面。

最後，是夜那羅手拿著金色幻惑花，說夢想永遠如同虛幻……

這是在做夢吧，一個凌亂而沒有意義的夢，她睜著眼睛告訴自己。

清幽的月光，檀香縈繞的房間，柔軟舒服的床鋪，一切安靜美好，多麼合適做夢！

她靜靜地躺在那裡，對自己微笑，有種時間靜止的錯覺。

也許是因為汗水的關係，背上有種黏膩冰冷的潮濕感。而且一旦開始留意，那種感覺就越來越鮮明，令她幾欲反胃。她掙扎了許久，最後還是不情不願地爬起來，跨過踢落地面的被子，赤腳踩在冰冷的地板上，昏昏沉沉地進了浴室。

她沒有開燈，直接走到浴缸邊開始放水。

不一會，浴室裡就充滿了氤氳的水氣，溫暖的環境讓睡意捲土重來，她靠在牆上打哈欠，好幾次差點改變主意躺回床上。

就在她和瞌睡蟲努力搏鬥時，浴缸裡的水好像放過了頭，她彎下腰想要放掉一些，卻看見絲絲縷縷的黑色漂浮在水面上。她撈起來，轉身看了看鏡子，才發覺頭髮已經長到了腳踝。

終於明白為什麼頭會這麼重了。

不過她也懶得驚訝，反正這種情況也不是第一次了。打算脫衣服的時候，她倒是覺得有麻煩了，只能彎腰拉開身旁的抽屜，想拿剪刀先把頭髮簡短再說。

背後突然傳來一陣布帛撕裂的聲音，接著一種奇怪的感覺在她背上蔓延開來，原本光線還算明亮的浴室裡有些變暗，她在抽屜裡翻找的手頓時僵住了，有些機械地挪動身體走到鏡子前面。

鏡子裡是一張慘白的臉，紫色的眼瞳，長到地面的頭髮……最誇張的是身後體積龐大的黑色翅膀。一瞬間，她以為自己看到了長著人臉的怪物。

「這是什麼？」風暮音拉扯著自己的頭髮，鏡子裡的女人也開始拉扯著自己的頭髮。

她停了下來，對著鏡子伸出手。

當她的手掌碰觸到鏡面，鏡子裡的那張臉流露出一種失措的驚慌，刺骨的冰冷沿著手傳到了全身。她用手指撩開往前垂落的頭髮，無聲地大笑起來。

直到肺裡空氣全部耗盡，她才跌坐在地。浴缸裡的水溢了出來，弄濕了她披散一地的頭髮，潮濕的水氣卻沒能影響她背後的黑色翅膀，她側著身，任由那雙翅膀在身後展開，把頭靠在浴缸上發著呆。

「是的，一對雪白的翅膀……」

「阿洛，你是個騙子。」她無意識地呢喃著：「明明就是黑色的。」

「難道妳以為違背契約不需要付出任何代價嗎？」

「把我變成這樣，就算是代價了嗎？」浴缸邊沿往外溢出的水滑過她的臉頰：「這算什麼？再怎麼看，魔鬼的懲罰也不過如此……」

她覺得全身無力，索性慢慢地閉上了眼，感覺溫熱的水不斷流過身體。

「她就在裡面，剛剛才睡著的。」那個略帶些稚氣的聲音在說：「先生說不要驚擾到她休息，你就等她醒了以後再來吧！」

那不是西臣嗎？西臣……就是那個看起來是個可愛小女孩，其實卻是龐然大物……想到了那條黑色巨龍搖身一變，成了個小小孩的怪異場面，趴在浴缸邊的風暮音慢慢睜開眼，呆滯的目光移到了敞開的浴室門外。

「我不會吵醒她，只要親眼看見她完好無缺就可以了。」

是天青在說話！

風暮音在聽到這個聲音的剎那，身體裡的每一個細胞都醒了過來。她像是被催眠了似地站起來，扶著牆壁踉踉蹌蹌地出了浴室。

「還是不好！」西臣為難地拒絕他：「她真的沒事，你還是等她醒了再來吧！」

「好吧。」天青有些無奈，但還是接受了西臣的要求：「等她醒了，再麻煩妳立刻通知我。」

風暮音拖了一地濕痕，赤著腳回到了房間。

「知道了。」西臣笑著答應了：「你真的對她很好呢！」

「不，我一點都不好。」天青輕聲地說：「在她需要的時候，我都不在她的身邊。我真的喜歡她，可是她……」

風暮音揚起了笑容，想過去開門，去告訴他自己很好，完全不用擔心……她剛跨出一步，眼角隱約晃過大片的黑影，回頭一看，對面雪白的牆上赫然有一個形狀恐怖的影子正對著自己。風暮音被這個難看的影子嚇了一跳，忙不迭地往後退，慌亂之中又絆到了身後的椅子。

她連人帶椅地倒在地上，在寂靜的夜裡發出了巨大聲響。

「暮音，妳沒——」

大門被人用力推開，隨之而來的月光把房間裡照得一片明亮。

「天青！」他們並不是很遠，只要伸出手就能碰到，可風暮音剛想要伸手，就看到天青一瞬扭曲的表情：「我……」

她的聲音越來越輕，作勢伸出的手指慢慢蜷曲起來，欣喜跟著凍結在臉上。

天青臉色陰沉，一言不發地往後退去。到了門外，他才仰頭深吸了口氣，然後竟是一眼都沒有再看地上的風暮音，就頭也不回地離開了。

風暮音看著敞開的大門，用力咬緊了牙。

「暮音小姐。」西臣想伸手扶她，卻被她臉上的表情嚇到了：「妳沒事吧？」

「西臣。」風暮音把頭埋進了自己的臂彎，聲音相當低落：「妳看到了嗎？他臉上的表情就像看到怪物一樣，真像我看到自己的時候呢……」

「暮音小姐，妳不是怪物！」

「是啊……」黑色的羽翼忽然張開，把西臣驚退了幾步，風暮音站了起來，轉身面對牆壁，看著上頭猙獰的黑影：「不是怪物，而是個魔鬼！」

西臣張開嘴，卻想不出該說什麼。

「西臣。」風暮音面無表情地站在那裡：「我很累了，想再睡一會，麻煩妳出去好嗎？」

西臣關上門時，好像看到風暮音在自言自語著什麼，因為實在擔心，她留神聽了。

「不需要誰，我自己就可以了……」

西臣低著頭站在門外，一想到風暮音竭力保持平靜的樣子，鼻子就有些發酸。這時，一隻溫暖有力的手放在了她的肩上。

「先生。」她抬起頭，小聲又驚訝地問：「您怎麼……」

「妳和東將去吧！」金先生朝她點點頭：「我去看她。」

西臣一步三回頭地走到等候在不遠處的東將面前，任他彎腰抱起了自己。

「東將。」她摟著東將的脖子，趴在他肩上說：「我很擔心暮音小姐啊！」

「沒事的。」東將看金先生已經推門進去，便抱著西臣走開：「妳不是說她很堅強嗎？那又有什麼好擔心的？」

「不是啊。」西臣嘆了口氣：「東將你不知道嗎？雖然堅強的人不容易被擊倒，可內心受到的傷害往往也會更重。」

東將點點頭：「過剛易折，她太倔強也太好勝了。」

「東將。」西臣把頭靠在了東將肩上：「暮音小姐她有什麼錯呢？每次只要一想到這些，我心裡都覺得很不舒服。」

「西臣，這不是妳我能夠干涉的事。」向來嚴肅的東將難得地露出無奈：「妳不要太感情用事了，不是早就知道會有一定的犧牲嗎？」

「一定的犧牲？」西臣轉過了臉：「這句話真殘忍……」

金先生走了進去，扶起翻倒的椅子坐下，他也不急著開口說話，只是看著風暮音一動不動的背影，似乎有著無盡的耐心等待。

「來我房間做什麼？」過了一陣，風暮音開口問他。

「我只是坐在這裡，不會妨礙到妳。」金先生只是說：「妳就當我不存在好了。」

「原來你也懂得幽默。」風暮音轉過身，臉上倒是沒有絲毫的不愉快：「不過這笑話挺冷的，一點也不好笑。」

金先生今天的脾氣格外溫和，聽她這麼說也只是一笑而過，一臉「我不放在心上」的表情。

「我沒事，你出去吧。」風暮音反倒被他的平和攪得心緒不寧起來：「我想一個人待著。」

「雖然我不是很擅長隱身術，不過還是有讓妳看不到我的辦法。」金先生拉了拉微皺的衣服下襬，在椅子上坐得更穩了：「如果妳真的介意，我不在乎使用一下。」

「你一點禮貌都不懂嗎？」風暮音被他煩得腦子裡一片混亂，霍地回頭瞪著他：「請你現在就出去！」

金先生朝她勾了勾嘴角，有恃無恐地微笑著。風暮音看到他這種樣子，滿臉不耐煩地把頭側過了一邊。

「隱忍是對精神和身體最大的損害之一。」金先生說話的語氣就像是普通的閒聊：「妳為什麼不問清楚呢？如果事情並不是像妳想的那樣，不是很不值得嗎？」

「我不覺得有什麼好問的。」風暮音用很平靜的語調說：「我也不想知道什麼事，更不想去問什麼人，這樣就可以了。」

雖然長長的頭髮起了遮擋的作用，但濕冷的衣服貼在身上還是讓她感覺有些寒冷。她剛說完，就捂住臉打了個噴嚏，完全破壞了努力維持的冷漠形象。

「妳一直這麼頑固下去，最後吃苦頭的還是自己啊。」金先生站起來走到她身前，把臂彎間的披肩披到她身上，輕聲地嘆了口氣：「為什麼總是喜歡一個人逞強呢？」

風暮音的手指扣在白色的錦緞上，低頭看著精美的暗色龍紋隨著她指間的折痕扭曲，栩栩如生地彷彿轉瞬就會騰空而起。

「還是去問問他吧！」金先生又說：「妳是個聰明人，只要能夠解開心結，我想妳最終還是會選擇他的。」

兩人靠得很近，風暮音直視著金先生領口上的璀璨徽章，第一次發現他身上有著燦爛陽光的氣息。這種氣息混合著空氣中淡淡的荷花香，還有他在月光裡看來柔和許多的目光，讓風暮音終於能有力氣扯動嘴角，勉強地笑了笑。

「別放在心上，一切會變好的。」金先生用手指撩開她垂落的頭髮，語氣就像在安慰一個受了委屈的孩子。

「謝謝你，還有……」風暮音不太熟練地開口道歉：「我很抱歉。」

「為什麼？」金先生倒是一怔，慢慢收回了手。

「我讓晨輝遇到了危險。」風暮音有些侷促不安地說：「還有在魔王面前的時候，我好像有些意識不清，所以才差點說……不過，那絕對不是我的本意。」

「不用把這件事放在心上，她也已經到了能為自己行為負責的年齡。」似乎只要一說到關於晨輝，金先生的情緒就會受到影響，下巴立刻緊繃起來：「說到魔鬼喜歡引誘他人墮落，那是他們的天性，和妳也是無關的。」

「嗯。」風暮音點點頭，算是接受了他的說法。

金先生看著她眉眼低垂的樣子，露出了好幾次欲言又止的樣子。

「你不是向來都很直接？」風暮音抬起頭看他，紫色的眼裡閃耀著光華：「有什麼好顧忌的？有話就直說吧！」

「也許我不該多問。」金先生被她這麼一看之後，表情沉重了許多：「妳應該還沒死心吧？今後又有什麼打算呢？」

「如果你是問關於我父親的事。」風暮音用力拉緊了身上的披肩：「對，我是沒有死心，可我現在連路都走不穩，你覺得我又能做些什麼呢？」

「妳不用這麼激動，我沒有繼續干涉妳的意思，就算我能阻止妳一時，也沒有辦法攔妳一輩子。何況妳這種不撞南牆不回頭的性格，我也沒那麼多時間幫妳收爛攤子。」金先生的口氣相當無情，之後卻頓了一頓又問：「不過，妳應該知道以妳的能力，什麼都做不了，就不要為他增加額外的負擔了。」

「……我是他的負擔嗎？」風暮音想了一會，眼神漸漸迷茫起來：「我一直以為自己是在幫他，結果卻變成了負擔嗎？」

「對所有人來說，妳……」金先生話說到這裡沒了下文。

「我什麼？」風暮音問他。

「發生這麼多事，妳應該很累了。」金先生一邊說，一邊走向門外：「先睡一覺，等休息好了再說吧！」

他跨過門檻，轉過身來關門，視線在風暮音的臉上停留了幾秒鐘，用的是充滿了矛盾、又混合著憐憫的目光。

風暮音在那裡站了一會，直到覺得累了，才試著收攏起翅膀躺回床上。她縮起身體，用被子緊緊地把自己裹起來，過了很久還是渾身冰涼。

她從那個眼神，已經猜到了金先生想說什麼。

……對所有人來說，風暮音只是一個負擔。

王子在小美人魚變成泡沫之前，終於認出了她，後來大家永遠幸福快樂地生活在一起了。

那後來呢？

沒有後來了。

暮音爸爸說，王子認出了小美人魚，然後大家永遠幸福快樂地生活在一起了！

妳爸爸騙妳的……

「暮音！暮音！」

風暮音回過頭，看到了站在身後不遠處的金晨輝。

「妳好點了嗎？」金晨輝隔著花叢問。

「好多了。」風暮音條件反射地摸了摸自己的眼睛，雖然她身後的翅膀已經消失，但眼睛的顏色似乎一直變不回去。

「天氣真好！」金晨輝用力地伸了個懶腰：「這種天氣坐在花園裡曬太陽，真是件愜意的事呢！」

風暮音抬頭看向蔚藍的天空，心不在焉地應了一聲。

「妳剛才像是在發呆。」金晨輝繞了過來，坐在她身邊：「在想什麼？」

「只是想小時候的事。」風暮音把頭靠在柱子上，看著天上形狀變幻不定的白雲：「從很久以前開始，我就常常覺得自己可能有精神分裂症。明明沒發生過的事，我卻覺得像是真實的記憶，但每次只要仔細去想，卻越想越忘，最後什麼也想不起來。」

「不是每個人都會這樣嗎？」金晨輝也學她把腳放在走廊外側，頭靠在另一邊的柱子上：「對眼前發生的事感覺似曾相識，那只是一種錯覺而已。」

「不是那樣的。」風暮音搖搖頭：「沒有真正體會過，妳不會瞭解的。」

「那暮音妳是在想爸爸的事嗎？還是……」金晨輝低下了頭：「妳一定是在想我很沒用，什麼忙也沒幫上。」

「不要瞎猜。」風暮音瞟了她一眼：「我只是想起小時候和爸爸在一起的往事，那些一直都記得很清楚的事，好像突然變得模糊了，而且還是越想越模糊，不知道是怎麼回事。」

「暮音……」金晨輝的目光變得複雜起來。

「晨輝，妳沒事吧？」風暮音覺得她今天的樣子有點奇怪，卻又說不出個所以然：「妳要是累了，就去休息吧！」

「我有什麼事？我很好啊！」金晨輝燦爛地笑了笑，但這個笑容卻讓風暮音暗自皺了一下眉頭。

「那就好。」風暮音不太會表示關心，只是回了這麼一句。

「我真的很好。」金晨輝搖了搖頭：「倒是暮音妳，沒什麼事吧？」

「我？」風暮音的目光暗了一下：「我也沒……」

「我們回來的那天晚上，赫敏特先生來過吧！」晨輝沒有讓她說完，很直接地告訴她：「我都知道了。」

「是嗎？」風暮音只能把搖頭變成點頭：「他是來過。」

「我覺得有些不能理解。」晨輝朝她靠了過來：「如果要我說的話，不論暮音妳變成什麼樣子，赫敏特先生都不會是那樣的反應才對，其中也許有什麼誤會。」

「也說不上什麼誤會，這才是他該有的反應。」風暮音側過臉，目光停留在地面的某處：「他是狩魔獵人，一直以誅殺所有魔族為目標，一時沒有辦法接受我變得像個魔族，也是很正常的。」

「他讓妳這麼難過，妳還要幫他辯解嗎？」金晨輝的語氣有些急切：「暮音，妳喜歡他喜歡得不得了，對不對？」

「妳在說什麼？」不知道是不是因為心裡排斥這樣的話，風暮音並沒有立刻聽明白：「怎麼突然這麼激動，還說什麼我喜歡？我根本不喜歡他，我對他……」

我的意思是我愛妳……風暮音小姐，我現在是在對妳表白愛意，妳這樣的反應會令我傷心的……

「我很討厭他！」風暮音咬牙切齒地說：「討厭得要死！」

天青那渾蛋，八成是把自己說過的話全忘了！明明是他先說喜歡自己，要永遠陪著自己的，卻又露出那種表情……風暮音用力握著自己的手腕，用力到雙手都顫抖起來。

風暮音臉色發青，金晨輝也低下了頭，許久沒有說話。過了好一會，風暮音激動的情緒才慢慢平復下來，轉眼一看，卻被金晨輝慘白的臉色嚇了一跳。

「晨輝，妳沒事吧？」這兩天她的體溫一直很低，最高也就三十度左右，可是晨輝的手沒道理和自己差不多冷啊，「妳的手很冷，是不是哪裡不舒服？」

「妳……」金晨輝一把抓住了她的手，卻變得吞吞吐吐起來。

「什麼？」她的聲音太輕，風暮音聽不太清楚。

「妳不會喜歡他的對不對？」

風暮音聽見她還是在問這個尷尬的問題，被她拉著的手僵了一下。

「他的性格很古怪，也不是什麼善良可愛的人。」金晨輝睜著那雙漂亮的眼睛，一眨不眨地盯著她看：「暮音妳說過妳不喜歡他，對不對？」

「我不想談這些事。」風暮音並不是很想討論這些：「我看妳好像不太舒服，還是先回去休息吧！」

「妳是怎麼做到的？」金晨輝呆呆地看著風暮音：「他從小到大都沒有抱過我，更別說假以辭色。他向來是拒人千里……卻把自己的披肩給了妳。」

「這條披肩？」風暮音終於明白了癥結所在：「晨輝，妳剛剛說的不會是金先生吧？」

「還能有誰呢？」金晨輝用力咬著自己的嘴唇：「妳喜歡上他了，對不對！」

「我已經糊塗了，妳到底在說什麼？」風暮音用另一隻手揉了揉眉心：「妳在緊張什麼？」

「我怎麼能不緊張啊！」金晨輝笑得比哭還難看：「我好擔心，要是暮音喜歡上他怎麼辦？

我一定爭不過妳，妳會把他從我身邊搶走的！」

風暮音看了她半天，連「妳除了胡思亂想還會什麼」、「真是沒出息」這樣的話都說不出口了。

「晨輝，我以前的想法錯了。」風暮音的聲音很低，但金晨輝卻聽得很清楚：「雖然他無法給妳想要的愛情，可他一直用自己的方式在寵愛著妳，妳沒有理由埋怨或指責他。妳再怎麼愛他，也不能要求他一定要愛上妳吧？」

「這些不就是藉口？明明是妳喜歡上他了，所以叫我死心的，對不對！」

「我說了我對他……」面對她的指責，風暮音覺得啼笑皆非：「妳這種指責簡直是無中生有。」

「我知道，暮音妳什麼都比我強，比我堅強比我成熟，和妳比起來，我就是個傻傻的小白痴！」金晨輝的聲音尖銳起來，臉色更加難看：「其實暮音妳才是任性又過分，蘭斯洛不喜歡妳了，妳就要重新找一個人喜歡妳，證明妳才是——」

啪！

等到風暮音回過神來，只看到金晨輝捂著發紅的臉頰呆滯地看著她。

「讓我心煩的事已經夠多了，我可沒空陪妳一起發瘋，麻煩回自己房裡想一想，要不就直接去找金先生問清楚。」風暮音拉下披肩丟給她，臉色鐵青地說：「在妳清醒之前，我不想再看見妳。」

Lies and Love
【第二十章】

風暮音坐在床沿上，看著自己的手發呆。

雖然她剛才沒怎麼用力，還是覺得自己有點過分，只不過為了讓晨輝能清醒一點，她不得不擺出冷酷的樣子撂下了狠話。

她能體會晨輝心裡的那種痛苦，只是不希望看到她變得歇斯底里。晨輝是適合微笑的女孩，不適合因為妒忌而發狂。不過，那也許是沒什麼效果的，晨輝對金先生的感情，已經到了走火入魔的地步……

她移動目光，看見牆邊堆著的皮箱，才想起金先生說過會讓人把自己的東西從天青那裡拿回來。

她上前打開箱子，看到疊放整齊的衣服上面放著一綹黑色的頭髮。是天青的！一看到這些和他有關的東西，甚至一想到這個名字，她的胸口都會隱隱作痛。

她拿起那綹頭髮，隨手扔到了身邊的紙簍裡。

「妳在做什麼？」金先生進她房間時，見她正蹲在地上對著一個紙簍發呆。

「沒什麼。」風暮音站起來，一臉若無其事地問：「你最近很閒嗎？為什麼總來找我？」

「身為主人，陪陪客人不是很正常的事嗎？」金先生跨過門檻，自動自發地坐在了桌邊。

「真抱歉，我好像把你的披肩弄丟了！」風暮音看到他衣襬上的飛龍圖樣，想起了被自己丟給晨輝的那條披肩：「希望你不會叫我賠。」

「沒關係。」金先生眉毛也沒有抬一下：「就算妳還給我，我也不會再要了。」

「真不明白你是怎麼樣的人。」風暮音走到桌邊坐下：「有時候好像很好相處，有時候卻根本不能接近。」

「這和我對妳的感覺倒是相同。」金先生的目光狀似不經意地掃過紙簍：「有時候心腸很軟，有時候卻意外地絕情。」

「你是想說我們兩個很像？」風暮音瞥了他一眼。

「就某種程度來說，是的。」金先生微側著頭，垂落身前的黑色長髮在陽光裡折射著光芒。

風暮音不由自主地伸出手，卻在碰到頭髮前就被金先生抓住了。

她抬起眼睛，對上了金先生別有深意的目光，又是那種憐憫……令人覺得渾身不舒服的憐憫眼神！

風暮音渾身一震，急著把手往後縮：「抱歉，我失態了。」

「沒關係。」金先生居然沒有立刻放手，連臉上的表情都變了：「我並不介意，其實我對妳……」

氣氛忽然變得曖昧起來，雖然這曖昧來得莫名其妙。

不過說實話，金先生原本就是不可多得的美男子，而且向來一副冷漠倨傲的樣子，忽然這樣眉目輕愁，一臉彆扭地欲說還羞，倒是相當賞心悅目。

不過坐在他對面的風暮音沒有半點驚豔的感覺，倒是全身的汗毛豎了起來，胃也跟著翻攪起來。

「你做什麼？」她愣了一下，用力地抽回了手。沒想到她拚命用力的時候，金先生正巧放開手，害她差點摔坐在地。

「不過我也知道。」金先生慢慢地放下了手，又慢條斯理地說：「不過是因為我的頭髮讓妳想起了他。」

風暮音嘴唇動了動，什麼也說不出來。

最多就幾秒的時間，金先生的臉上再找不到任何曖昧或供人遐想的神色，好像剛才的一切只是風暮音的錯覺。

她重新坐好以後，用疑惑地目光看著金先生，金先生恢復了一貫的平靜，風暮音不知道怎麼開口問他到底想做什麼。

兩個人就這麼對坐了兩、三分鐘，氣氛變得尷尬起來。

「先生先生！」這個時候，西臣冒冒失失地闖了進來，一臉慌張地說：「晨輝小姐剛才哭著跑出去了，不知道出了什麼事。」

「什麼？」風暮音站了起來。

「我已經讓東將跟著了，不過我怕小姐出事……」

「能有什麼事？再說她又不是孩子了，自己認得回來的路。」金先生和西臣緊張的態度截然相反：「不用管她，叫東將回來吧！」

「西臣。」風暮音看見西臣手裡拿著一塊眼熟的白色布料：「那是從哪裡來的？」

「我在外面走廊撿到的。」西臣拍了拍手裡的白色披肩：「不知道為什麼揉得好皺。」

房間裡忽然安靜下來，西臣不解地看著表情瞬間僵硬的風暮音。

「金先生。」風暮音的眼皮急跳了幾下，從牙齒裡擠出了聲音：「你是故意的！」

「我不知道妳在說什麼。」金先生站了起來，朝她點點頭：「風小姐，我不打擾妳休息了。」

「你就這麼走了？」風暮音在身後喊住了他：「你是不是應該解釋一下，你為什麼要這麼做？」

「妳想聽什麼解釋？」金先生側過頭反問她：「還有，我做事什麼時候要經過妳的同意了？」

金先生轉過來的半邊臉陰沉駭人，勾起了風暮音不好的回憶，她臉色一變，往後退了一步，撞在紫檀木的桌子上。

金先生冷哼一聲，大步走了出去，西臣憂心地看了風暮音一眼才跟了上去。

他們前腳跨出房門，房裡傳來了大聲的咒罵和疑似踢翻椅子的聲音。西臣從沒想過冷靜的風暮音也會這麼失態，忍不住停下了腳步。

「西臣！」金先生已經走到了轉角，回頭喊她：「有什麼好看的？」

「是！」西臣被他前所未有的嚴厲聲調嚇了一跳，慌忙跟了上去。她一邊跟在金先生身後，一邊偷偷看著眼前過分緊繃的背影，感覺一頭霧水。

今天，怎麼感覺每個人都不太對勁？

而房內的風暮音，則用力咒罵那一對瘋子，又焦躁了整整十分鐘後，決定出去把晨輝找回來。

她不管金先生為什麼要這麼做，但她不希望看到那個喜歡鑽牛角尖的傻瓜，為了這種劣拙的騙局傷心。

照理說，就算晨輝的腳程再快，也沒有理由跑得太遠。可出了安善街，她一路問，卻沒有人看到和晨輝相似的女孩經過。她腳步慢了下來，正在想是不是追錯了方向，突然發現自己站在一個很眼熟的地方。

這裡，是第一次和天青相遇的地方！

「暮音。」巧的是，她才這麼想，就聽見背後有人在喊她的名字。她握緊了拳頭，動作非常緩慢地轉過身。

天青穿著一件黑色風衣，站在人來人往的大街上，他就像是一個發光體，走到哪裡都相當引人注目。

「下午好，赫敏特先生。」風暮音扶了扶帶著的墨鏡：「真巧啊。」

「暮音。」天青走了過來，在她面前停下：「不要這樣好嗎？」

「真有趣！」風暮音笑了一笑，覺得他這句話很滑稽：「我做了什麼讓你為難的事嗎？」

「事情不是妳想像的那樣。」天青伸手想碰她，卻被她側身閃過了：「暮音，我……」

「那是怎麼樣？」風暮音平靜地看著他：「我在聽。」

「不。」天青用一種痛苦掙扎的目光：「我不知道該怎麼和妳說起，可妳要相信我，事情並不是妳想的那樣。」

「你一直強調不一樣不一樣，到底是怎麼個不一樣法？」風暮音冷笑著問：「我又不是你肚子裡的蛔蟲，你不說我怎麼會知道呢？」

「暮音，現在還不是時候，等到恰當的時機，我會仔細地告訴妳一切。」天青用焦灼的目光看著她，朝她伸出手：「但是現在，妳要答應我，不論發生什麼事情，妳都會很冷靜地面對。至少等我向妳解釋清楚後，再決定該怎麼做。」

「那麼，等到了那個時候再說吧！」風暮音賭氣似地地把手放在背後，往後退了一步：「既然總是說在等待時機，那在那一刻到來前，你沒有理由要求我答應任何條件吧？」

「暮音。」天青沮喪地垂下了手：「妳不明白……」

「我一直以為自己堅持的東西是對的，可是到了現在，我也說不清了。」她覺得胸口發悶：

「我該明白什麼？我什麼都不明白！所有的人，我認識的每一個人，我都不明白你們，其中甚至包括了我的父親，還有你。我有時候覺得你們每一個人都很陌生，好像我們並不認識。」

「我都知道的。」

「是啊，你們全都知道。」風暮音疲倦地笑了：「只有我不知道嘛！」

天青移開了視線。

「那麼，再見了。」她輕聲地道別，在和他擦肩而過時又停下，告訴他：「天青，我一直都很喜歡你。」

不知是從什麼時候開始，在胸中慢慢堆積起來了一些情感。後來，在瀰漫著淡淡霧氣的森林，當手從他的掌心滑開，在那一刻，胸中沉重的東西扎到了心上，然後，慢慢慢慢，越扎越深……走過拐角時，風暮音回過頭，她看見天青站在原地，像是一個被拋棄的孩子。

風暮音跨進大門時，就察覺到了空氣中的古怪氛圍。

一切看起來沒有什麼異樣，只是當她繞過照壁，沿著小路往裡行走的時候，有好幾次情不自禁地停了下來。

她轉身看了一眼敞開的大門，和門外一如既往安靜的街道。然後拿下墨鏡，用力捏了捏鼻梁，告訴自己不要疑神疑鬼。

靠近通往花園的拱門時，聽見斷斷續續的說話聲，風暮音第一個反應是晨輝回來了，不過當她再靠近一點，就知道自己猜錯了。

一個是金先生的聲音沒錯，不過另一個也是男人的聲音。沒想到會有陌生的訪客，風暮音走到門邊停了下來，在考慮是直接過去還是應該打個招呼。

金先生面對著她站在那裡，而風暮音才把視線放到背對著她的那個人身上，她脆弱的眼睛就痛得厲害。她連忙閉上眼，唯一的印象是那人穿了一件純白的衣服，而且白得一點都不柔和，才會在陽光下面這麼刺眼。

「很久沒有去聖城問候了。」風暮音還在低頭揉著眼睛，就聽見一向倨傲的金先生，竟用著近似謙卑的姿態向另一個人問好：「還要請您原諒。」

「不論什麼情況之下見面，你都是這麼彬彬有禮。」那個人說話的速度有些慢，但配合他的聲音聽起來卻異常優美：「我有時也會好奇，不知道拿下了這個面具之後，真正的你會是什麼樣子？」

「您真愛開玩笑。」乍聽之下還算自然，可金先生的笑聲和往常相比還是有些乾澀。

「我不是在開玩笑，人我今天一定要帶走。」那個優美的聲音在說：「我希望你不會有什麼意見。」

金先生沒有立刻回答，只是陪了一個笑臉。

風暮音的眼睛總算感覺好些了，她剛抬起頭就看到了金先生的笑容。她覺得不可思議，因為她從來沒有見過金先生這種樣子，像是絕望中夾雜著無奈……

「怎麼？」那個人又問：「難道你真的有意見？」

「您都親自蒞臨了，我怎麼會有什麼意見呢！」金先生的雙手攏在袖子裡，微微彎著腰，頸邊的水晶折射出七彩光芒：「我正要懇求您，請您一定要寬恕我對您隱瞞這些事的罪過。」

「放心吧！」那人的心情顯然比金先生好上很多：「雖然我知道之後有些驚訝，甚至還有些生氣，但現在我只想感謝你。不管怎麼說，你都是幫了我大忙。」

風暮音瞇著眼，再次看向了那個人。可這一眼看過去，她的心差點從嗓子眼裡跳出來。

那人的確穿著一件白色的長袍，可真正閃耀刺眼光芒的，卻是他的頭髮。他有一頭直到腳邊的銀色長髮……風暮音腦子裡轟地一響，眼前是大片大片的鮮紅純白交錯而過。

她頭有些暈，胃裡也很不舒服，就連手腕也忽然燙得厲害，像是被火在燒灼著。

恍惚間，她看見了金先生的表情。

帶著憐憫……

「這算是命中註定的相遇吧！」那個很像在惡夢中糾纏著風暮音的人，朝著她的方向轉過了身：「妳說要是席狄斯知道之後，會露出什麼樣的表情呢？」

圍繞在他四周的光芒不再刺眼，風暮音終於看清了對方的樣子。

他穿著雪白的衣服，銀白色的長髮沒有半分凌亂地披瀉在地。他的容貌是那麼完美，彷彿上天最精美的傑作。他的神情並不嚴肅，嘴角甚至還帶著一抹淺笑，但就能讓人產生一種只能仰望的感覺。

這個人！這張臉！就是那個一直出現在她夢中的男人！

當有一天，纏繞著妳的惡夢活生生地出現在面前，妳會有什麼感覺？

「你是誰？」風暮音拚命地忍住想轉身逃跑的衝動，用盡了全身力氣才問出了這三個字。

銀髮的男人笑而不答，似乎覺得這個問題非常有趣。

「風暮音小姐，妳不該這麼失禮的。」金先生用一種奇怪的語調說：「妳要知道，現在在妳面前的這位，可是統領神界的天帝，擁有至高地位的諾帝斯大人！」

風暮音花了三十秒的時間，才理解了這個複雜的頭銜是什麼意思。她想起那幅畫上帶著華麗冠冕、穿著白色衣服的形象，一時沒有辦法把那個形象和眼前的人聯想在一起。

「是神界的天帝……」她喃喃地說：「可為什麼……」

「天帝大人」慢慢抬起了始終低垂著的眼簾，朝她看了過來。原本以為是黑色的眼睛，但是等到風暮音和他對視時，才看清那是綠色，一種說不出是深邃還是清澈的綠……

很久很久……怎麼說？「永遠」好不好？

看到風暮音怔然的表情，他微笑了起來。心裡在說不是，但風暮音的嘴仍是喊出了那個名字：「天青……」

「天帝大人」聽到她這麼喊，笑得更開心了。

風暮音都被自己這一聲「天青」給弄糊塗了。明明除了眼睛外，不論聲音、外表或神情，這個男人和天青沒有半點相似之處。但就算這麼想著，她心裡依然不能確定，到底是不是自己認錯了人。

她用力甩了甩頭，覺得自己可能是太累了，才會有這種匪夷所思的聯想。只是因為太害怕了，所以她才會喊天青的名字，絕對不是因為眼前的這個人很像……不！他一點也不像天青！一點也不！

她往後退去，腦中充滿趕快離開的念頭。

「我記得妳一直都很勇敢，怎麼這時又想退縮了？」諾帝斯看著她，說了一句很奇怪的話：「難道說，我不在妳身邊的這段時間，妳變得軟弱了嗎？」

風暮音僵住了。她再一次仔細地看著這個男人，發覺除了抗拒慌張，自己對這個人有種奇特的熟悉感。

「我們認識嗎？」她忍不住問。

「那是當然的了。」諾帝斯點頭的姿勢帶著一種高高在上的感覺：「我們不但認識，還認識了很久。」

「我不是說小的時候……」風暮音不確定地問：「在最近，我們也見過吧？」

「是啊。」諾帝斯語氣輕鬆地回答：「不過那時我是借用了人類的軀殼，所以外表有所不同，而妳通常會叫我——『天青』。」

——《暮音02》完

高寶書版集團
gobooks.com.tw

輕世代 FW336

暮音02

作　　者　墨竹
繪　　者　瀨川あをじ
編　　輯　林思好
校　　對　任芸慧
美術編輯　彭裕芳
排　　版　彭立瑋

發 行 人　朱凱蕾
出　　版　英屬維京群島商高寶國際有限公司臺灣分公司
Global Group Holdings, Ltd.
地　　址　臺北市內湖區洲子街88號3樓
網　　址　www.gobooks.com.tw
電　　話　(02) 27992788
電　　郵　readers@gobooks.com.tw（讀者服務部）
pr@gobooks.com.tw（公關諮詢部）
傳　　真　出版部　(02) 27990909　行銷部 (02) 27993088
郵政劃撥　50404557
戶　　名　三日月書版股份有限公司
發　　行　三日月書版股份有限公司/Printed in Taiwan
初版日期　2020年6月

國家圖書館出版品預行編目(CIP)資料

暮音 /墨竹著.-- 初版. -- 臺北市：高寶國際,
2020.06-
冊； 公分. --

ISBN 978-986-361-850-8(第2冊：平裝)

857.7　　　109006556

三日月書版

GOBOOKS
& SITAK
GROUP©